IHRE DREISTE BRAUT

BRIDGEWATER MÉNAGE-SERIE - BUCH 8

VANESSA VALE

Copyright © 2015 von Vanessa Vale

ISBN: 978-1-7959-0070-6

Dies ist ein Werk der Fiktion. Namen, Charaktere, Orte und Ereignisse sind Produkte der Fantasie der Autorin und werden fiktiv verwendet. Jegliche Ähnlichkeit mit tatsächlichen Personen, lebendig oder tot, Geschäften, Firmen, Ereignissen oder Orten sind absolut zufällig.

Alle Rechte vorbehalten.

Kein Teil dieses Buches darf in irgendeiner Form oder auf elektronische oder mechanische Art reproduziert werden, einschließlich Informationsspeichern und Datenabfragesystemen, ohne die schriftliche Erlaubnis der Autorin, bis auf den Gebrauch kurzer Zitate für eine Buchbesprechung.

Umschlaggestaltung: Bridger Media

Umschlaggrafik: Period Images; fotolia.com- Jag_cz

HOLEN SIE SICH IHR KOSTENLOSES BUCH!

Tragen Sie sich in meine E-Mail Liste ein, um als erstes von Neuerscheinungen, kostenlosen Büchern, Sonderpreisen und anderen Zugaben zu erfahren. Sie erhalten ein KOSTENLOSES BUCH für Ihre Anmeldung! Tragen Sie sich in meine E-Mail Liste ein, um als erstes von Neuerscheinungen, kostenlosen Büchern, Sonderpreisen und anderen Zugaben zu erfahren. Sie erhalten ein KOSTENLOSES BUCH für Ihre Anmeldung!

kostenlosecowboyromantik.com

KAPITEL 1

Ihre dreiste Braut

Von Vanessa Vale

ALS ABIGAIL CARR nach langen Jahren auf dem Mädchenpensionat nach Bridgewater zurückkehrt, lassen sich Gabe und Tucker Landry nicht von der einzigen Frau abbringen, denen jahrelang ihre Aufmerksamkeit – und Zuneigung – gegolten hat. Sie haben lange genug gewartet. Als Abigail verkündet, dass sie nach Butte und zu ihrem Verehrer zurückkehren müsse, weigern sich Gabe und Tucker, so leicht aufzugeben. Da sie weder einen Ehering an ihrem Finger trägt, noch Liebe in ihrem Herzen, betrachten sie Abigail als ungebunden und für sie verfügbar. Und dann verführen sie sie dazu…direkt nach Hause nach Bridgewater zu kommen, wo sie sie nicht nur heiraten, sondern ihren Körper auch auf die sinnlichste Weise erobern, die Abigail jemals in ihrem Leben erfahren durfte.

. . .

ABER ABIGAIL WEIß, dass eine Zukunft als Ehefrau und Mutter nicht möglich ist, nicht für sie. Sie kam nur nach Hause, um das Leben einer Freundin zu retten und sie wagt es nicht, zu bleiben. Wenn sie nicht innerhalb der nächsten drei Tage nach Butte zurückkehrt, wird ihre beste Freundin sterben. Und ganz egal, wie sehr Abigail auch wünscht, sie könnte bleiben und die Ehefrau sein, die Gabe und Tucker verdienen, muss sie doch ihre Freundin retten. Der grausame Kriminelle, der ihre Freundin bedroht, wird nicht zögern, jeden zu töten, der Abigail wichtig ist, einschließlich ihrer frischgebackenen Ehemänner.

ABIGAIL WIRD eine schwere Entscheidung treffen müssen und sie alle retten…egal, was es sie oder ihr Herz kosten wird.

PROLOG

 BIGAIL

„ICH WERDE SIE JETZT TÖTEN", Paul Grimsby entsicherte die Waffe, bei dem Geräusch machte ich einen Satz, „oder Sie können sie retten. Sie entscheiden."

Er besaß den Gesichtsausdruck eines Mannes, mit dem nicht zu spaßen ist. Groß und schlank wirkte er, als wäre er auf einer mittelalterlichen Streckbank gedehnt worden. Sein lockiges Haar war mit Pomade gebändigt worden und sein Anzug entsprach der neuesten Mode. Aber er war alles andere als ein Gentleman. Besonders, weil er meiner besten Freundin eine Pistole an den Kopf hielt.

Ich warf einen Blick über meine Schulter auf den Mann, einen von Mr. Grimsbys übergroßen und brutalen Lakaien, der den einzigen Ausgang des Raumes blockierte.

„Was…was genau wollen Sie denn von mir?" Meine Stimme klang vor Nervosität ganz schrill. Schweiß tropfte zwischen meinen Brüsten hinab. Ich rang meine Hände, während meine Knie praktisch nachgaben. Ich war nicht zum Grimsby Haus eingeladen worden, ich war von dem Mann an der Tür und einem weiteren, der jetzt irgendwo in dem großen Haus herumwanderte, hierher *begleitet* worden. Der Weg von meinem Mädchenpensionat quer durch Butte war nur ungefähr zehn Blocks lang, aber er hatte sich unendlich angefühlt. Ich hatte die Zeit damit zugebracht, mir zu überlegen, wie ich ihnen entkommen könnte. Ich war auf dem Weg eine geschäftige Straße entlanggelaufen. Zu schreien, ich sei entführt worden, hatte ganz oben auf meiner Liste gestanden. Aber die zwei Handlanger, die mich in ihre Mitte genommen hatten, hatten mich gewarnt, dass meine Schulfreundin Tennessee Bennet getötet werden würde, wenn ich auch nur jemandem auf der Straße zuwinkte.

Ich erinnere mich noch gut daran, wie ich sie kennengelernt und einen Kommentar zu ihrem ungewöhnlichen Namen gemacht hatte. Sie hatte erzählt, dass ihre Eltern sie und ihre zwei Schwestern nach Staaten benannt hatten. Georgia und Virginia waren ja hübsche Namen, aber ihr war Tennessee aufgebürdet worden, was doch ein ziemlicher Zungenbrecher war.

„Geld, natürlich", antwortete er ruhig. Eine Uhr auf dem Kaminsims verkündete läutend die Uhrzeit. Der Raum war sehr zivilisiert, aber das Gespräch alles andere als das.

Es wirkte, als hätte Mr. Grimsby wirklich vor, es zu tun. Tennessee zu töten. Sehr zu meinem Entsetzen, hatten sie bereits ihren Vater ermordet, der für die Abschlussfeier in die Stadt gekommen war und sie zurück nach North Dakota hatte begleiten wollen. Mr. Grimsby empfand keine Reue, hatte kein Gewissen. Ich warf einen Blick auf Tennessee, die steif auf einem Stuhl mit hoher Lehne saß. Ihr ohnehin schon heller Teint passte jetzt zu einem Bettlaken. Sie sah mich mit flehenden Augen an, Tränen rannen über ihre

Wangen. Sie hatte sich selbst in diese missliche Lage gebracht und mich unbeabsichtigt mit hineingezogen. Begierig nach einem Verehrer war sie in ihren Avancen gegenüber Mr. Grimsby, einem der erfolgreicheren und wohlhabenderen Geschäftsmänner der Stadt, sehr dreist gewesen. Er war nicht nur reich, sondern auch attraktiv – sie dachte zumindest so, während ich ihn ziemlich unattraktiv fand – und, was am wichtigsten war, er war Junggeselle.

Da ihr Geld wichtiger war als Liebe, wollte sie sich einen reichen Ehemann angeln, hatte Mr. Grimsby jedoch von Anfang an bezüglich ihres eigenen Reichtums und des Status ihrer Familie belogen. Sie war keine Eisenbahn-Erbin, wie sie behauptet hatte, sondern nur die zweite Tochter eines Bankiers aus Fargo. Die Täuschung war recht unschuldig und war von vielen Frauen im Laufe der Zeit genutzt worden, um ihre Stellung im Leben zu verbessern, aber Mr. Grimsby schien Tennessees nicht existentes Erbe mehr zu wollen als die Frau selbst. Er war auch nicht so reich, wie es den Anschein hatte. Wenn er kein Irrer wäre, wären sie das perfekte Paar. Aber als die Wahrheit über Tennessees Täuschung ans Licht kam, war er zornig geworden. Der tote Körper ihres Vaters, der in der Straße liegen gelassen worden war, und ihr blaues Auge, zeugten davon.

Und die Pistole, die auf ihren Kopf gerichtet wurde.

„Ich habe kein Geld", erwiderte ich und befeuchtete meine Lippen.

„Sie haben kein hübsches Äußeres, aber Sie haben Geld."

Mr. Grimsbys Augen fokussierten sich mit etwas, das Ekel gleichkam, auf meine Wange und er zitterte vor Wut. Ich war daran gewöhnt, wegen meiner Narbe verhöhnt zu werden, aber ich war froh, dass er mich kein bisschen attraktiv gefunden hatte, wie es bei Tennessee der Fall gewesen war. Sie war hübsch, selbstsicher und hatte ein sanftes Gemüt. „Ich kenne Ihren Hintergrund, Ihren Bruder.

Sie haben vielleicht kein Geld bei sich, aber er besitzt eine der größten Farmen in dieser Ecke des Territoriums."

Ich war überrascht, dass er *mich* nicht dazu zwang, ihn zu heiraten. Ich hatte gedacht, dass er, wenn er so sehr auf Geld aus war, über die Narbe hinwegsehen würde. Aber nein. Er war zu eitel für jemanden wie mich und wollte eine hübsche Braut. Tennessee. Nicht mich. Ausnahmsweise war ich einmal froh, dass ich entstellt worden war.

„Land und Rinder. Das ist alles, was er besitzt", erwiderte ich. „Ich kann Ihnen keine Kuh vorbeibringen."

Ich biss auf meine Lippe, da ich wusste, dass ich das nicht hätte sagen sollen, denn er ließ die Pistole zwar von Tennessees Kopf sinken, aber er überwand die Distanz zwischen uns und ergriff meinen Arm. Ich schrie auf, weil er mich so fest packte. Zuckte zusammen.

„Ich will keine verdammte Kuh", zischte er, sodass mir die Spucke um die Ohren flog. „Ich will Geld oder etwas, das ich *gegen Geld* verkaufen kann."

„Verstanden", entgegnete ich. Was sollte ich auch sonst sagen? Er hatte Tennessees Vater getötet, um sie für ihre Lügen zu bestrafen. Was sollte ihn davon abhalten, die Pistole an meinen Kopf zu halten und den Abzug zu betätigen? „Ich werde…Ihnen etwas zum Verkaufen mitbringen."

Er lockerte seinen Griff und wischte sich mit dem Rücken der Hand, die die Waffe hielt, über den Mund.

„Sie haben eine Woche." Er drehte sich um und deutete auf Tennessee, die jetzt heftig weinte. „Eine Woche und dann töte ich sie."

Ich nickte stumm, mein Herz schlug hektisch. Ich würde, jetzt da die Abschlussfeier hinter uns lag, sowieso nach Hause gehen. Ich war mir nicht sicher, wie ich in der Lage sein sollte, zurückzukehren, aber darüber würde ich mir später Gedanken machen.

„Wenn Sie nicht zurückkommen, werden meine Männer Sie finden." Er fuchtelte mit seiner Pistole vor meinem Gesicht herum und meine Augen folgten der tödlichen Waffe.

Ich trat einen Schritt zurück. Er unternahm nichts, weshalb ich einen weiteren zögerlichen Schritt machte, dann noch einen, da ich Angst hatte, ihm den Rücken zuzukehren. Tennessee weinte immer noch.

„Lass mich hier nicht zurück!", schrie sie und streckte ihre Hand aus, damit ich sie ergriff.

Es tat weh, sie zurückzulassen, aber wenn ich sie retten wollte, musste ich gehen. Ich hörte, wie sich die Tür öffnete und erst dann drehte ich mich um. Der Handlanger hielt die Tür für mich auf und eskortierte mich auf die Straße, das Schluchzen meiner Freundin folgte uns. Ich musste meiner Freundin helfen. Ich musste nach Hause gehen und etwas finden, das ich zurückbringen konnte, um Mr. Grimsby milde zu stimmen. Etwas, das James nicht vermissen würde. Ansonsten würde sie sterben. Und wenn ich es nicht in der einen Woche tat, würde er meinem Bruder jemanden auf den Hals hetzen. Ich hatte ihn als kleines Mädchen gerettet. Ich konnte ihn jetzt nicht sterben lassen.

KAPITEL 2

KAPITEL EINS

ABIGAIL

ICH HÄTTE die Braut und den Bräutigam dabei beobachten sollen, wie sie vor dem Pfarrer standen und ihre Eheversprechen austauschten. Theresa sah in ihrem weißen Kleid entzückend aus, ihr Gesicht strahlte vor Freude, die von innen heraus zu kommen schien. Sie liebte Emmett, daran hegte ich keinerlei Zweifel. Die Gefühle beruhten auf Gegenseitigkeit, wenn das leichte Zittern in der Stimme des großen Ranchers, als er „Ich will" sagte, irgendein Hinweis war.

Ich hätte zuschauen sollen, als sie ihren ersten Kuss als verheiratetes Paar austauschten, aber meine Augen lagen auf dem gutaussehenden Duo, Gabe und Tucker Landry. Die Brüder saßen gemeinsam mit einigen der anderen aus

Bridgewater auf der anderen Seite des Mittelganges und zwei Reihen vor mir. Ich konnte nicht weiter als bis zu ihren breiten Schultern sehen, aber ihre Haare waren ordentlich frisiert, die Hemden sauber und frisch gewaschen.

Die Möglichkeit, sie für solch lange Zeit anschauen zu können, wurde mir nicht sehr oft geboten und ich seufzte, während ich ihre kantigen Profile bewunderte. Tuckers Gesicht war glattrasiert und Gabes zierte ein gestutzter Bart.

Ich war zwei Jahre lang in Butte gewesen und hatte sie in all dieser Zeit nicht gesehen, zumindest nicht bis zu dem Picknick am Vortag. Mein Interesse an ihnen war nichts, über das ich mit anderen reden könnte. Ich hatte sie kennengelernt, als ich vierzehn gewesen war und zu sagen, dass ich sofort für sie geschwärmt hatte, wäre die Untertreibung des Jahrhunderts. Aber sie waren mindestens ein Jahrzehnt älter und auch wenn sie höflich waren, so hatten sie kaum einen Blick für mich übriggehabt. Und daher hatte ich nur von ihnen geträumt, sie aus der Ferne mit den gierigen Augen eines jungen Mädchens beobachtet. Ich hatte niemanden von meinen Gefühlen für sie erzählt. Da es in dieser kleinen Stadt so viele neugierige Nachbarn gab, konnte ich nicht zulassen, dass sie die Wahrheit herausfanden. Ein vierzehnjähriges Mädchen und seine Schwärmerei. Es wäre unglaublich peinlich gewesen.

Aber ich war nicht länger ein Mädchen und mein Interesse an ihnen war in all den Jahren nicht weniger geworden. Ich hatte sie nicht sehr oft gesehen, aber jeden Mann, dem ich begegnete, maß ich an ihnen. Jemanden, der ihnen ebenbürtig war, musste ich erst noch finden. Und jetzt, mit neunzehn, dachte ich auf neue Arten über sie nach. Sexuelle Arten. Verruchte Arten. Unglücklicherweise konnte ich nichts gegen diese…Anziehung, die ich für sie empfand, tun. Ich war keine forsche Frau, wie Tennessee, und ich hatte von ihr gelernt, was passierte, wenn man sich so verhielt. Ich musste meine Rückkehr als zeitlich befristet ansehen, denn ich musste mir mehr Gedanken darüber machen, ihr Leben zu retten, als darüber, wie diese zwei Männer aussahen, die mein Herz zum Stolpern brachten und meine Nippel hart werden ließen.

Aber da sie nun vor mir saßen, ergriff ich diese seltene Gelegenheit. Ich schaute nicht nur. Ich starrte, gaffte sogar und träumte. Träumte, ich würde eines Tages mit ihnen zusammenstehen und Eheversprechen wiedergeben wie Theresa und Emmett.

Ein Landry war blond, der andere dunkel. Einer breit, der andere schmal. Einer sanft, der andere grüblerisch. Ich sollte nicht zwei so unterschiedliche Männer begehren, aber ich tat es. Mein Herz wollte, was mein Herz wollte und das war der Knackpunkt meines Problems. Das Interesse an ihnen war sofort dagewesen, als ich jünger war. Jedes Mal, wenn ich sie seitdem gesehen hatte, hatte es sich angefühlt, als würde mein Herz einen Schlag aussetzen. Und obwohl ich sie so lange nicht gesehen hatte, verspürte ich auch jetzt sofort Verlangen nach ihnen. Intensives Verlangen. Ich hatte noch nie zuvor so etwas gefühlt. Ich konnte sie bewundern, da sie gar nicht schlecht anzusehen waren. Sie waren mehr als gutaussehend. Sie hatten meinen Körper dazu gebracht, ganz heiß zu werden, wann immer sie beim Picknick in meine Richtung geschaut hatten. Sicherlich fühlte sich jede Frau in der Stadt genauso.

Ich wollte spüren, wie weich Gabes Bart unter meinen Fingern war. Ich wollte wissen, wie hart Tuckers sehnige Schultern waren. Ich wollte Gabes tiefe Stimme hören, die mir in mein Ohr flüsterte, wie er mich erobern würde. Ich wollte, dass mich Tuckers breiter Körper unter sich festnagelte. Ich rutschte auf der harten Bank hin und her, da mein Körper vor Verlangen schmerzte, einem Verlangen, das noch nie befriedigt worden war. Und dennoch war ich gewillt, genau das mit den Landry Brüdern zu tun.

Später in jener Nacht hatte ich ständig an sie gedacht. Erst in der Nacht zuvor hatte ich den Saum meines Nachthemdes hochgeschoben, meine Schenkel gespreizt und mich selbst berührt. Ich hatte an ihre großen Hände gedacht und mir vorgestellt, dass ihre Finger in mich glitten und über meine feuchte Spalte. Ich war zum Höhepunkt gekommen, mein Körper angespannt und hinweggespült von Lust, während ich ihre Namen in der Dunkelheit geflüstert hatte. Nein, das war keine Mädchen Schwärmerei. Nicht mehr.

Als ob sie meinen glühenden Blick auf sich spürten, drehten sie ihre Köpfe und starrten mich an. Mich! Gabes dunkle Augen drückten mich förmlich in die Bank, während Tuckers zu meinem Mund sanken. Es war offenkundig und mein Herz setzte einen Schlag aus. Konnten sie sehen, was ich gedacht hatte, als ob es mir ins Gesicht geschrieben stünde? Wussten sie, dass ich sie schon fast verzweifelt wollte? Konnten sie spüren, dass ich sie für meine verruchtesten Fantasien verwendete? Als Tucker zwinkerte, keuchte ich. Ich hoffte, das Geräusch war nicht zu laut, aber nur für den Fall legten sich meine Finger dennoch auf meine Lippen.

James, der neben mir saß, blickte in meine Richtung. Ich schenkte meinem Bruder ein beruhigendes Lächeln, während jeder den Neuvermählten applaudierte, die den Gang hinabliefen.

„Das könntest schon bald du sein", sagte James über den Lärm hinweg und tätschelte meinen Handrücken.

Für eine Sekunde dachte ich, er bezöge sich auf die Landrys, aber dann fiel mir die Wahrheit wieder ein. Nein, die Lüge. Die Lüge, die ich beim Picknick begonnen hatte. Ich war erst am Tag zuvor aus Butte zurückgekehrt. James hatte mir nicht erlaubt allein zu reisen, weshalb ich nach der

Abschlussfeier auf die Familie Smith, eine Familie aus der Stadt, die angeboten hatte, mich zu begleiten, gewartet hatte. Mir wurde bewusst, dass ich, wenn ich alleine gereist wäre, wie ich es gewollt hatte, weit weg von Butte gewesen wäre und das ganze Theater mit Tennessee hätte vermeiden können. Ich hätte nicht lügen müssen, hätte keine Angst um meine Freundin oder sogar James haben müssen. Jetzt musste ich nach Butte zurückkehren. Mit Geld. Irgendwie.

Bis auf Weihnachten war dies das erste Mal, dass ich seit zwei Jahren, seit James mich auf die Schule geschickt hatte, zurückkam. Mit siebzehn war ich weniger damenhaft gewesen, als er es sich gewünscht hatte, was kein Wunder war, wenn man bedachte, dass ich auf einer Ranch aufgewachsen war und er die Rolle der Eltern übernommen hatte. Er hatte gewollt, dass ich mir einen Ehemann anlache, aber ich wusste, meine Narbe würde alle Männer davon abhalten, mir den Hof zu machen. Stattdessen hatte mich die Schule von allen möglichen Verehrern ferngehalten. Deswegen runzelte ich die Stirn über James Kommentar, aber dann erinnerte ich mich.

Die Lüge.

Auf dem Picknick hatten sich die Frauen in meinem Alter alle um den Tisch mit dem Gebäck versammelt und von ihren neuen Ehemännern oder Verehrern erzählt. Anders als sie hatte ich ein behütetes Leben auf der Schule geführt – auf James' Beharren hin – und kein Mann, außer dem Klavierlehrer, hatte das Innere des Gebäudes betreten, ganz zu schweigen davon mir den Hof zu machen. Ich konnte nicht über einen Mann sprechen.

Aber ich brauchte einen Grund, damit ich so kurz nach meiner Ankunft wieder nach Butte zurückkehren konnte. Ein Verlobter würde meine Verbindung zur Stadt aufrechterhalten und mir einen Grund geben, warum ich so schnell nach Butte zurückkehren musste, wo ich dann

Tennessee retten konnte. Wenn die Krise überstanden war, könnte ich einfach behaupten, dass ich die Vereinbarung beendet hätte. Niemand würde irgendetwas wissen und ich würde nie wieder in diese Stadt zurückkehren müssen.

Da die Frauen unaufhörlich darüber geplappert hatten, wie glücklich sie doch waren, hatte ich die Lüge erzählt – ein Mann in Butte. Sie hatten mich zuerst überrascht und dann glücklich angeschaut. Ich war die Unscheinbare, diejenige, die keine Mutter, keine Schwestern hatte. Ein nichtssagendes Gesicht mit einer unattraktiven Narbe. Ich trug meine Haare in einem einfachen Zopf, trug einfache Kleider. Ich war schüchtern. Die Schule hatte mir beigebracht, ein liebliches Konzert zu geben und ein Mahl für fünfzehn Leute zu planen, aber Männer? Ich hatte keine Ahnung, was ich da tat.

Bis zu diesem Moment war ich nur am Rande der Gruppe gestanden, aber dann hatten sie mich begierig in ihre Mitte gezogen und über den Mann, den ich mir geschnappt hatte, ausgefragt. Ich hatte angenommen, dass sie einen kurzen Kommentar wie „Das ist schön" abgeben würden und dann wäre alles gut. Ich hatte nicht erwartet, dass sie sich so für mich freuen würden und so neugierig wären. Es war faszinierend, wie die kleine Schwindelei ein Eigenleben entwickelte. Sie hatte sich auf dem Picknick verbreitet und bei Sonnenuntergang glaubte jeder in der Stadt, einschließlich meines Bruders, dass ich einen Verehrer namens Aaron Wakefield hatte. Meine Ausrede, um nach Butte zurückkehren zu können, hatte mehr als Fuß gefasst.

Es fühlte sich bittersüß an, James so glücklich für mich zu sehen, da er mir nur das Beste wünschte, vor allem, dass ich gut heiratete. Seine Freude war allerdings unbegründet und basierte auf einer Lüge und ich sehnte mich danach, ihm die Wahrheit zu erzählen, dass meine Freundin gefangen gehalten wurde und ich Lösegeld für sie auftreiben musste. Aber er würde mich schon bald hassen, weil ich ihn bestehlen musste. Bezüglich eines Verehrers zu lügen, war im Vergleich dazu gar nichts.

Ich sehnte mich danach, ihm von Mr. Grimsby zu erzählen, aber er würde sofort nach Butte reiten und ihm drohen. Mir wäre es lieber, er würde mich hassen, weil ich ihn bestohlen hatte, als dass er von Mr. Grimsby erschossen wurde. Tennessees Vater war kaltblütig erschossen worden. Ich konnte nichts tun, außer James aus der Sache herauszuhalten. Lebendig und wütend war immer noch besser als tot. Damit konnte ich leben. Und dennoch wollte ich auch nicht, dass er mich hasste.

Er war mein einziger Verwandter. Unsere Eltern waren in einem Feuer gestorben, als ich noch klein war – und in dem ich die Narbe erhalten hatte – und er hatte mich ganz allein großgezogen. Ich hatte nichts gesagt, als er eine Ranch gekauft und unseren Wohnort von Omaha hierher verlegt hatte, um von vorne zu beginnen. Ich hatte mich nicht beschwert, als er mich nach Butte auf die Schule geschickt hatte, da er tat, was er für das Beste hielt. Vielleicht wollte er mich damit vor den Blicken derjenigen beschützen, die grausam zu mir waren, die dachten, ich wäre entstellt. Hässlich. Wie es auch Mr. Grimsby gesagt hatte.

Bis ich die Landrys in der Kirche sah. Ihre Augen sorgten dafür, dass ich mich alles andere als hässlich fühlte.

Und als sie über den Kirchhof zu James und mir liefen, wollte ich ihnen erzählen, dass ich frei war, um umworben zu werden, um geliebt zu werden. Ich hatte uns selbst einen Mann in den Weg gestellt und ich sehnte mich danach, ihnen die Wahrheit zu erzählen.

Sie sahen so gut aus, dass ich in Gabes Arme springen und ihn küssen wollte, während Tucker über meinen Rücken streichelte und mir private, sinnliche Worte ins Ohr flüsterte. Ich wollte, dass sie meine Hand packten, mich hinab zum Fluss zogen und mich besinnungslos küssten.

KAPITEL 3

KAPITEL ZWEI

ABIGAIL

„EINER DER LANDRYS würde einen guten Ehemann abgeben", merkte James an, wobei er sich nah zu mir beugte. Offenbar kannte er die Wahrheit über Bridgewater, wo zwei Männer eine Frau heirateten, nicht. „Aber du hast ja deinen Aaron."

Mein Magen rutschte mir in die Kniekehlen. „Ja", erwiderte ich. Wenn ich diesen dummen Verehrer nicht erfunden hätte, könnte ich James jetzt von meinem Interesse an *beiden* Landrys erzählen, da sie gemeinsam eine Frau heiraten würden. Da er sie seit Jahren kannte und sie Freunde waren, ging ich davon aus, dass er sie als Verehrer befürworten würde. Als…mehr. „Dennoch, du bist ja ein richtiger Kuppler", fügte ich hinzu, als er mich besorgt ansah.

Er hatte eindeutig meinen resignierten Tonfall gehört, als ich Aaron erwähnt hatte.

„Ich will dich glücklich sehen und das bedeutet verheiratet."

Es gab nicht viel mehr, was eine Frau in diesen Teilen des Montana Territoriums tun konnte außer heiraten. Kinder bekommen. Und seit dem Feuer hatte er einen großen Beschützerinstinkt mir gegenüber entwickelt. Er war ein guter älterer Bruder, wenn auch wahnsinnig überfürsorglich, aber er hatte mich genug leiden sehen und das nicht nur körperlich.

„Du gehörst nicht auf die Ranch zu mir und den Männern. Gehörst nicht versteckt."

Ich war seit zwei Jahren nicht auf der Ranch gewesen. Sie war mein Zuhause und fast alles, an das ich mich erinnerte. Aber ich stimmte ihm zu. Ich gehörte dort nicht mehr hin. Ich sehnte mich nach meinem eigenen Haus, Kindern, einem Mann, mit dem ich all das teilen konnte. Als die Landrys vor uns anhielten, bemerkte ich, dass ich diesen Traum nicht nur mit einem Mann, sondern mit zweien teilen wollte.

Sie setzten ihre Hüte ab, als sie mich ansahen, bevor sie James' Hand schüttelten.

Während Gabe und James über eine fohlende Stute sprachen, zwinkerte Tucker mir zu – wieder!

„Du bist also mit Theresa befreundet?", fragte er. Die meisten Leute musterten die Narbe auf meiner rechten Wange, aber er nicht. Seine hellen Augen blickten in meine und hielten sie. Auch wenn seine Frage nur müßiger Smalltalk war, war ich dankbar, dass er ein Gespräch begonnen hatte. Die meisten Männer gingen mir komplett aus dem Weg, vielleicht aus Angst, meine alte Verletzung wäre ansteckend.

„Ja", erwiderte ich, wobei ich so nervös war, dass meine Knie fast nachgaben.

„Ich glaube, du kennst auch ein paar der Frauen auf Bridgewater?" Er neigte seinen Kopf ganz leicht zur Seite. Bei seinem kräftigen Kiefer und den vollen Lippen war es schwer ihm in die Augen zu sehen, während ich sprach.

Ich wusste, ich konnte nicht wieder einfach nur Ja sagen, weil er mich dann für völlig unterbelichtet halten würde, da ich nicht einmal einen vollständigen Satz bilden konnte. „Laurel und Olivia haben bei der Dekoration für das Picknick geholfen."

„Bist du froh, dass du wieder zurück bei deinem Bruder bist?" Da ich so konzentriert darauf war, wie die Sonne goldene Strähnen in seinen blonden Haaren betonte, vergaß ich seine Frage fast. Ich hatte die Schule beendet und war zurück zu Hause. Allerdings musste ich nach Butte zurückkehren, um Tennessee zu retten. Wenn ich Mr. Grimsby erst einmal sein Geld gegeben hatte, würde ich für immer aus Butte verschwinden.

James und Gabe beendeten ihr Gespräch und lauschten meiner Antwort. Ich warf Gabe, dessen dunkle Augen allein auf mir lagen, einen kurzen Blick durch meine gesenkten Lider zu. Ich musste meine ganze Willenskraft aufbringen, um ihm nicht auf den Mund zu schauen und mich zu fragen, ob sein Bart kratzen würde, wenn – nein, falls – er mich küsste.

„Oh, ähm..." Ich realisierte, dass sie auf eine Antwort warteten. „Oh, ja. Ich habe das hier vermisst."

„Und dennoch habe ich gehört, dass du vielleicht nach Butte zurückkehrst", sagte Gabe langsam und bedächtig mit seiner tiefen Stimme. „Um zu heiraten und dich dort niederzulassen."

Wo hatte er das gehört? Ich hatte niemandem erzählt, dass ich in den nächsten Tagen nach Butte zurückkehren würde, aber dann dachte ich über Gabes letzte Worte nach.

„Heiraten und mich niederlassen?", wiederholte ich. Ich

hatte kein Interesse an Butte. Ich würde nur lang genug zurückgehen, damit ich Tennessee helfen konnte, aber bestimmt nicht, um mich dort dauerhaft niederzulassen. Ich hoffte, dass ich nie wieder einen Fuß in diese Stadt würde setzen müssen.

James lachte und hielt seine Hand hoch. „Die Pläne, den Mann in Butte zu heiraten, sind neu. Ich habe ihn noch nicht mal kennen gelernt."

Wir drehten uns alle um, als wir hörten, dass James' Name gerufen wurde. Mr. Bjorn, der Mann, dessen Grundstück an der südlichen Seite an unseres grenzte, winkte ihn zu sich. James entschuldigte sich.

Ich beobachtete, wie er davonlief und, als ich mich zurück zu Gabe und Tucker drehte, schienen sie näher gekommen zu sein. Waren sie näher zu mir getreten? Ich neigte mein Kinn nach hinten, um zu ihnen hochschauen zu können und bemerkte, dass sie jetzt direkt auf meine Narbe blicken konnten. Geübt drehte ich mein Gesicht leicht nach rechts, um sie zu verbergen. Ihre hellen und dunklen Augen waren so intensiv, dass ich wieder schlucken musste und wegblickte. Wussten sie, welche Wirkung sie auf mich hatten? Konnten sie sehen, dass meine Nippel unter meinem Korsett hart waren? Konnten sie den hektischen Puls an meinem Hals erkennen?

„Stimmt etwas nicht mit deinem Verlobten, das du James nicht erzählen möchtest?", wollte Gabe wissen.

„Verlobten?", quiekte ich und schaute sie direkt an. Als ich den Frauen das Märchen zuerst aufgetischt hatte, hatte ich gesagt, dass Aaron mir den Hof machen würde. Mehr nicht. Nur genug, damit es real wirkte. Aber jetzt ein Verlobter? „Ich bin nicht…ich meine, das stimmt nicht."

Tucker neigte seinen Kopf wieder zur Seite. „Er ist nicht dein Verlobter?"

Nein, gar nichts stimmt. Aber das konnte ich nicht sagen. „Wir sind nicht verlobt."

Beide Männer musterten mich eindringlich.

„Hat er dir wehgetan? Hast du Angst vor ihm?", fragte Gabe.

Er sah aus, als wäre er bereit, nach Butte zu gehen und Aaron eine zu verpassen. Wenn er überhaupt existierte. Ein warmes Gefühl überschwemmte mich bei seiner Sorge. Bis auf James hatte mich noch nie zuvor jemand verteidigt.

„Was? Nein", erwiderte ich. „Er ist...völlig in Ordnung."

Tucker grunzte und verschränkte die Arme vor der Brust. „Denkt deine Freundin Theresa, dass ihr frischgebackener Ehemann völlig in Ordnung ist?"

Nein, natürlich nicht. Sie verehrte diesen Mann.

„Das ist nicht das Gleiche." Theresa liebte Emmett, wohingegen ich...mir etwas ausgedacht hatte. Wie sollte ich Gefühle für jemanden haben, der nicht existierte?"

Gabe hob eine dunkle Braue. „Oh? Was empfindet dein Mann für dich?"

Ich fühlte mich bloßgestellt und ihre Fragen wurden immer unangenehmer, als ob sie mit einem Stock in einer Wunde bohren würden. Anstatt die Wahrheit zu erzählen, nutzte ich Verteidigungsstrategien, um davon abzulenken. Ich drückte mein Rückgrat durch. „Eine ziemlich persönliche Frage."

Gabe beugte sich leicht vor. „Ein Mann sollte sich verzweifelt nach seiner Frau sehnen. Er sollte in ihrer Nähe den Verstand verlieren. In ihr. Über ihr."

Ich überspielte ein Wimmern mit einem vorgetäuschten Husten. Über ihr? Oh guter Gott, die Worte des Mannes ließen mich fast dahinschmelzen. Sie waren unanständig und direkt. Forsch für jemanden, den man nur flüchtig kannte. Und dennoch war ich nicht beleidigt. Ich war erregt.

„Ja, mein Bruder hat recht", fügte Tucker hinzu. „Unsere

Frau würde mit absoluter Sicherheit wissen, dass sie das Zentrum unserer Welt ist und wir würden ihr jeden ihrer Wünsche erfüllen."

Unsere Frau. Ja, das bestätigte, dass sie gemeinsam eine Frau erobern würden. Ah, wie sehr ich mir doch wünschte, dass das ich wäre.

Sie könnten es auch tun. Ich bezweifelte nicht, dass sie jedes meiner Bedürfnisse befriedigen konnten, selbst wenn ich nicht wusste, welche ich hatte. Ich wollte einfach nur... fühlen. Ihre Hände, ihre Lippen auf mir fühlen. Ich wollte umringt und überwältigt sein. Genommen werden.

„Eure Bemerkungen sind ziemlich unpassend", entgegnete ich in dem Versuch, steif zu klingen, wenn ich doch tatsächlich begierig war, mehr zu hören.

„Wirklich? Und wo ist Aaron?", fragte Gabe und sah sich nach dem Mann um, als ob er sich hinter einem Baum verstecken würde. „Hat er dich einmal besucht, seit du zurückgekehrt bist?"

Ich schüttelte den Kopf. „Nein, er war beschäftigt. Außerdem bin ich erst seit ein paar Tagen zurück."

Mir blieben noch fünf Tage, um mit dem Geld für Mr. Grimsby nach Butte zu gehen.

„Wenn du die Unsere wärst, würden wir dir nicht erlauben, so weit wegzuwandern. Wir würden dich nah bei uns haben wollen", verkündete Tucker. „Sehr nah."

Mein Mund klappte auf, aber keine Worte kamen heraus.

„Du hast von Laurel von der Bridgewater Weise erfahren", sagte Gabe. Es war keine Frage.

Ich blinzelte. Sie warteten.

„Ja, ihr beansprucht gemeinsam eine Frau für euch", antwortete ich mit leiser Stimme. Die Leute von Bridgewater liefen zwar nicht herum und erzählten jedem, dass die Männer sich eine Frau teilten, aber wenn es herausgefunden wurde, logen sie nicht darüber. Mason und Brody waren

Laurels Ehemänner und ich wusste, dass Olivia drei hatte. Die Art, wie ihre Männer sie ansahen, weckte in mir den Wunsch, das Gleiche mit meinen eigenen Ehemännern zu erleben. Und seit ich vierzehn war, wusste ich, dass ich wollte, dass Gabe und Tucker diese Männer waren.

„Das stimmt. Tucker und ich werden uns eine Frau teilen. Denk nur, wie es sein würde."

Da schlossen sich meine Augen, während ich mir vorstellte, ich wäre mit Tucker und Gabe Landry verheiratet. Stiefbrüder, so unterschiedlich wie ihr Äußeres. Sie würden durch die Hintertür reinkommen, um sich vor dem Abendessen zu waschen, morgens würde ich zwischen ihnen aufwachen.

„Aber du wurdest bereits von einem anderen beansprucht", meinte Tucker mit enttäuschtem Tonfall.

Einem anderen. Oh, ja, sie sprachen von Aaron.

Gabe grunzte, sah nach links und rechts, murmelte dann: „Stell dir vor, wie es zwischen uns sein würde. Ich will dich küssen, Abigail."

„Du willst sie nur küssen?", fragte Tucker, wobei seine Augen auf dunkle und verruchte Art und Weise über meinen Körper glitten. Meine Nippel zogen sich bei seiner unverhohlenen Inspektion zusammen.

„Ich habe nicht gesagt, wo ich sie küssen würde", konterte er.

Oh guter Gott. Ich konnte mir nur ausmalen *wo*.

Die Männer setzten ihre Hüte wieder auf. „So schade, Liebes", sagte Tucker.

„So schade?", wiederholte ich mit einer Stimme, die kaum mehr als ein Flüstern war.

„Wir nehmen uns nicht, was uns nicht gehört. Wenn du bereits von Aaron beansprucht worden bist, dann", er zuckte mit den Schultern, „werden wir die Verbindung respektieren."

Meine Aufregung zerfiel zu Staub und ich machte mir Sorgen, dass ich mich übergeben würde. Sie wollten mich. Ich wollte sie. Und meine Lüge trennte uns voneinander. Die dumme Lüge! Tennessee ruinierte alles!

„Ich bin nicht beansprucht worden", entgegnete ich in dem Versuch, ihnen begreiflich zu machen, dass ich nicht versprochen war. „Die Geschichten, die erzählt werden, sind äußerst übertrieben."

Tucker sagte nichts mehr, sondern zwinkerte nur noch einmal und lief dann weg. Gabe sah mich für einen weiteren Moment an, tippte sich an den Hut und folgte seinem Bruder. Ich hätte etwas sagen sollen, die Wahrheit gestehen sollen, aber dann würden sie mich nicht mehr wollen. Ich war eine Lügnerin, wie eine Fünfjährige. Wenn sie erst einmal die Wahrheit kannten, würden sie mich für kindisch halten und ihre Zeit nicht wert. Noch schlimmer, wenn sie erst herausfinden würden, dass ich meinen eigenen Bruder bestehlen würde, würden sie mich hassen. Ich konnte sie nicht haben, wenn ich log. Ich konnte sie nicht haben, wenn ich ihnen die Wahrheit erzählte.

Das offene Feld vor der Kirche war voller Leute aus der Stadt, die beisammenstanden, sich unterhielten und darauf warteten, dass die kleine Hochzeitsfeier begann. Ich war umringt von Menschen, aber völlig allein und das nicht einmal wegen meiner dummen Narbe. Ich fürchtete, ich würde für den Rest meines Lebens allein sein. Eine Lüge würde mich nachts im Bett nicht warmhalten.

KAPITEL 4

KAPITEL DREI

GABE

„Sie wird uns gehören", sagte ich.

„Ohne Frage", erwiderte Tucker.

Nach der Hochzeitsfeier waren Tucker und ich nach Bridgewater zurückgekehrt. Wir arbeiteten zwei Tage lang unermüdlich, stellten Zäune auf, reparierten kaputte Stellen, trieben streunende Kühe zusammen, während wir über unser Gespräch mit Abigail nachdachten. Wir besprachen jedes einzelne Wort, das sie gesagt hatte, jede Bewegung ihres Kinns, die Art, wie sie ihren Kopf neigte, um ihre Narbe zu verbergen, die Emotionen, die ich in ihren Augen gesehen hatte.

„Wer?", fragte Andrew, der einen Stapel schmutziger Teller aus dem Esszimmer hereintrug.

Er war einer der vielen Männer, die auf Bridgewater lebten und das gemeinsame Abendessen mit all denjenigen einnahm, die nicht arbeiteten. Dieser Tage traf sich immer eine große Gruppe für die Mahlzeiten, weshalb die Aufgaben aufgeteilt wurden und rotierten. Tucker und ich waren heute zum Geschirrspülen eingeteilt und meine Hände steckten in einem Waschbecken voll heißen Wassers, während ich einen Topf schrubbte.

„Abigail Carr", antwortete ich. „Wir werden sie erobern."

Ich stellte sie mir bildlich vor. Klein – sie reichte nur bis zu meiner Schulter – mit einer Menge dunkelbrauner Haare, die zu einem ordentlichen Knoten nach hinten gebunden waren. Es war schwer zu sagen, wie lang sie waren, aber ich stellte mir vor, dass sie, wenn ich die Nadeln herauszog, bis über ihren Rücken fallen würden. Und das würde ich auch tun. Bald, wenn es nach Tucker und mir ging. Sie hatte dunkle Augen und eine überraschende Ansammlung Sommersprossen auf ihrer Stupsnase. Sie war wunderschön – sie war mir gleich beim ersten Mal, als ich sie sah, ins Auge gefallen. Damals hatte ich keine Lust verspürt wie jetzt. Nein, sie hatte einfach...mein Herz berührt.

Sie war nur ein Mädchen gewesen, als wir sie kennengelernt hatten – die schüchterne und zögerliche kleine Schwester unseres Freundes James – und eine junge Frau, als sie für die Schule fortgegangen war. Aber in den letzten zwei Jahren hatte sie sich in eine Frau verwandelt. Wir hatten sie bereits gewollt, als sie siebzehn gewesen war. Wir hatten gewusst, dass sie eines Tages die Unsere sein würde, da sie zu dem damaligen Zeitpunkt viel zu jung für uns war, aber jetzt...jetzt war es an der Zeit, Abigail Carr zu der Unseren zu machen. Wir hatten lange genug gewartet.

„Die Frau mit der Narbe im Gesicht?", fragte Andrew und stellte das schmutzige Geschirr auf das Waschbrett neben mir.

Ich sah ihn finster an. Tucker hörte auf, Teller abzukratzen und wandte sich ebenfalls mit düsterem Blick zu Andrew.

„Ja, sie hat eine Narbe, aber sie hat auch braune Haare", erklärte ich.

Sie hatte eine Narbe. Einen fleckigen, unebenen Bereich Haut auf ihrer rechten Wange, der von einer Verbrennung herzurühren schien. Es war keine gezackte Linie, die auf einen Schnitt hingewiesen hätte. Die beschädigte Stelle war eine Mischung ihrer hellen Haut und rosa Narbengewebe. Es war eine alte Narbe, vollständig verheilt, dennoch würde ihre Haut nie makellos sein. Was auch immer die Narbe verursacht hatte, sie würde sie als Ehrenabzeichen tragen dafür, dass sie überlebt hatte.

Aber die Narbe war klein und unwichtig. Ja, man bemerkte sie. Ja, es sah schlimm aus wegen dem Schmerz und Unbehagen, die sie verursacht haben musste. Welche Narbe tat das nicht? Ich hatte jede Menge auf meinem Körper, aber keiner verurteilte mich deswegen oder nutzte sie, um mich damit zu beschreiben.

Andrews Augen weiteten sich bei meinem scharfen Tonfall, aber er verstand sofort, was ich sagen wollte. Die Narbe sollte nicht genutzt werden, um sie zu definieren. Es störte mich, aber Tucker hasste es. Ich war beeindruckt, dass er sein Temperament unter Kontrolle hatte und Andrew nicht ins Gesicht schlug. Ich verspürte einen Drang sie zu beschützen, aber Tucker...

„Ja und hübsche blaue Augen", fügte Andrew hinzu, womit er sich wieder rehabilitierte.

„Wer hat außer mir noch hübsche blaue Augen?" Andrews Frau, Ann, kam aus dem Esszimmer mit einigen Gläsern in der Hand und einem verschmitzten Lächeln auf den Lippen. Christopher, ihr kleiner Sohn, rannte mit den Händen voller Servietten hinter ihr her. Tucker ging in die Hocke und nahm sie ihm ab, wobei er ihm auf die Nase tippte. Der Junge grinste.

„Abigail Carr", wiederholte ich.

„Sie ist ziemlich hübsch. Schüchtern", meinte Ann. „Ich bin froh, dass sie einen Mann hat."

„Sie wird schon bald zwei haben", erzählte Tucker ihr.

Ann stellte die Gläser auf den Tisch in der Mitte des Raumes und sah zu Tucker. „Oh? Wirklich?" Sie lächelte breit.

Er widmete sich wieder dem Abkratzen der Teller, wobei die Reste in einen Eimer wanderten, der später zu den Schweinen in die Scheune gebracht werden würde. „Der Mann ist nicht ihr Verlobter", antwortete Tucker überzeugt.

„Seid ihr euch dessen sicher? Woher?" Andrew lehnte sich an den Tresen und beobachtete mich beim Spülen.

Ich reichte ihm den sauberen Topf und ein Geschirrtuch. Wenn er reden wollte, konnte er währenddessen genauso gut abtrocknen. Ich schnappte mir einen schmutzigen Teller und tauchte ihn in das heiße Wasser.

„Sie hat uns das erzählt. Du hättest ihr Gesicht sehen sollen. Ich habe noch nie eine Frau gesehen, die weniger enthusiastisch war, während sie über ihren Verehrer gesprochen hat", fuhr Tucker fort.

„Du hast immer noch Herzchen in den Augen, wenn du mich erwähnst", neckte Andrew Ann.

Ich sah zwischen dem Duo hin und her, neidisch auf ihre offensichtliche Liebe. Das war kein Blick, den Abigail in ihren Augen gehabt hatte.

„Ann, was hat sie dir über ihn erzählt?", fragte ich, wobei ich mich meiner Neugier nicht schämte.

Sie schürzte die Lippen und dachte einen Moment nach. „Ich habe nur ein paar Mal mit ihr gesprochen. Christopher steht bei einem Picknick selten still und ihm hinterher zu jagen, hält mich normalerweise davon ab, mich mit anderen zu unterhalten."

Sie lächelte hinab auf ihren Sohn, der ihr ein verwegenes kleines Grinsen schenkte.

„Sie hat mehr mit Laurel geredet. Lasst sie mich schnell holen." Zur Tür laufend, rief sie nach Laurel, die sich uns in der Küche anschloss. Sie trat auf die Seite, als Christopher an ihr vorbei stürzte. Wir konnten ihn alle freudig quietschen und „mehr, mehr" rufen hören und wussten, dass sein anderer Vater, Robert, ihn in die Luft warf, was seine neuste Freude war.

„Sie wollen mehr über Abigail Carrs Verehrer wissen."

Die dunkelhaarige Frau runzelte die Stirn, während sie nachdachte. „Sein Name ist Aaron und er hat blonde Haare und ist Buchhalter."

Ich warf einen Blick zu Tucker. „Sie hat uns die Fakten nicht genannt. Tatsächlich hat sie den Mann eher kleingeredet, anstatt gut von ihm zu sprechen."

Er nickte einmal, dann kratzte er wieder über den Teller.

„Also wollt ihr sie für euch beanspruchen, nachdem ihr sie erst vergangene Woche kennengelernt habt?", fragte Andrew.

„Du vergisst, lieber Ehemann", sagte Ann, lief zu Andrew und legte ihre Hand auf seine Brust, „du hast angeboten, mich zu heiraten, nachdem du mich zehn Minuten gekannt hast."

Andrew beugte sich nach unten und küsste Ann, dann gab er ihr einen Klaps auf den Hintern. Ich versuchte, mein Lächeln zu verbergen, aber es war unmöglich. Ihre Geschichte beinhaltete eine Atlantiküberquerung, einen bösen Vater und eine Flucht. Das Schicksal hatte vielleicht seine Finger im Spiel gehabt, dass Ann in Roberts Kabine gehuscht war, um sich zu verstecken. Ihren Erzählungen zu Folge, hatten sie noch am gleichen Tag geheiratet.

„Wir wollen sie bereits seit sehr langer Zeit. Seit Jahren. Aber sie war zu jung. Es war gut, dass sie zur Schule fortgegangen ist, um zu tun, was auch immer junge Frauen tun. Tanzen und was weiß ich. Aber seit sie zurück ist, ungebunden, gehört sie uns."

„Aber sie hat Aaron", wand Laurel ein.

„Ein Verehrer bedeutet nicht, dass sie gebunden ist. Er hatte seine Chance, aber er hat sie nach Hause gehen lassen. Wir werden nicht darauf warten, dass ein anderer ihr einen Ring an den Finger steckt."

Wir waren auf dem Picknick gewesen, als wir sie das erste Mal nach ihrer Rückkehr gesehen hatten. Tucker hatte einen Blick auf sie erhascht und meinen Arm gepackt, meinen Kopf in ihre Richtung gedreht und einfach nur gestarrt. Sie war bei einer kleinen Gruppe anderer Frauen gestanden und hatte sich unterhalten. Wir waren zu weit weg gewesen, um zu hören, worum es ging, aber das Gespräch war recht lebhaft gewesen. Laurel war Teil der Gruppe gewesen und hatte versucht Abigail miteinzubeziehen, aber es war offensichtlich gewesen, dass sie ziemlich schweigsam war und sich nur zögerlich beteiligt hatte. Sie war bildhübsch in ihrem hellblauen Kleid, das ihre üppigen Kurven betonte. Kurven, die ich an ihr nicht gesehen hatte, bevor sie zur Schule weggegangen war.

Selbst unter den anderen Frauen stach sie heraus. Obwohl die anderen bestimmt attraktiv waren, war Abigail die Einzige gewesen, die uns wieder ins Auge gefallen war, die uns erstarren hatte lassen – buchstäblich – und uns für jede andere Frau ruiniert hatte, für immer.

Mason, Laurels Ehemann, hatte einmal gesagt, dass seine Braut zu finden, so war, als würde man vom Blitz getroffen, aber wir hatten dem Konzept nie viel Glauben geschenkt. Wir hatten gewusst, sogar als sie noch jünger war, dass Abigail die Unsere werden würde, aber es war nichts im

Vergleich zu unserem jetzigen Verlangen nach ihr. Sie war nur ein Mädchen gewesen. Jetzt war sie eine umwerfende Frau. Es war ein wunderschön sonniger Tag, als der Blitz Tucker und mich nach all dem Warten getroffen hatte. Abigail mit ihrer schüchternen Art und sanftem Lächeln war die Eine für uns. *Die einzige Eine.*

Aber als wir gehört hatten, dass sie einen Mann in Butte hatte, einen Verlobten, hatten wir uns ihr nur mit der Absicht allgemeiner Konversation genähert. Wir hatten ihren Bruder nicht um Erlaubnis gebeten, ihr den Hof machen zu dürfen oder hatten auf der Feier angeboten, ihr einen Drink zu holen. Nichts. Wenn sie von einem anderen beansprucht worden war, würden wir uns nicht einmischen. Aber sie hatte die Geschichte, die auf dem Picknick die Runde gemacht hatte, widerlegt. Sie mochte zwar einen Mann haben, aber sie waren nicht verlobt und nach ihrer nichtssagenden Antwort zu schließen, war sie nicht allzu begeistert von ihm. Das gab uns eine Chance. Sie hatte keinen Ring am Finger getragen, weshalb wir sie in die Enge getrieben und davon gesprochen hatten, sie zu küssen und was wir mit ihr tun würden, wenn sie die Unsere wäre. Sie hatte so reagiert, wie wir es uns erhofft hatten. Mit Eifer, Neugier und Erregung.

„Wir haben uns immer gefragt, warum ihr kein Interesse an den Frauen in der Stadt habt. Jetzt wissen wir es", merkte Andrew an.

Heiratsfähige Frauen waren in diesem Gebiet selten. Tucker und ich waren deswegen jedoch nicht allzu besorgt gewesen, da uns keine der Frauen, die im heiratsfähigen Alter *waren*, gereizt hatten. Sie waren sicherlich nett und attraktiv, aber keine hatte uns den Kopf verdreht...oder einen Blitz auf uns abgeschossen. Bis Abigail kam. Ich drehte mich um und lehnte mich an das Waschbecken, schnappte mir das Geschirrtuch von Andrew und trocknete mir die Hände.

„Es ist schön, dass sie so bereitwillig mit euch redet. Sie ist ziemlich schüchtern", meinte Laurel. „Wird nach Butte geschickt und kehrt nach zwei Jahren zurück. Die Leute haben ihr Leben weitergelebt, geheiratet und Kinder bekommen, wie ich es getan habe, während sie in der Schule war. Es muss schwer sein, zurückzukommen und bei Konversationen nur daneben stehen zu können." Sie zuckte mit den Achseln, nahm sich eine übriggebliebene grüne Bohne aus der Schüssel und knabberte daran. „Es ist offensichtlich, dass ihr Aussehen sie stört. Das macht sie nicht nur schüchtern, sondern auch nervös. Was, wenn sie sich auf der Schule über sie lustig gemacht haben? Ihr habt das Gerede über sie gehört, dass Männer wegen ihrer Narbe kein Interesse an ihr haben."

Wir machten alle einen Satz, als ein Glas an der Wand zerschellte. Tucker stand, die Hände in die Hüften gestemmt, das Gesicht rot, schwer atmend da. „Ich habe die Schnauze so was von voll davon, ständig von dieser verdammten Narbe zu hören. Von den Leuten aus der Stadt, von euch. Sogar von Abigail selbst. Sie ist mehr als eine beschissene Narbe."

Er rieb sich mit der Hand über den Nacken in dem Versuch, sich zu beruhigen.

Ich wollte mein eigenes Glas werfen, weil es so frustrierend war, zu wissen, dass eine dumme Narbe Abigail laut den Menschen aus der Stadt und ihr selbst definierte. Sie hatte sogar ihr Gesicht abgewendet, um sie zu verbergen, als wir nach der Hochzeit mit ihr geredet hatten. Es war eine kaum merkliche Geste gewesen, aber dennoch offensichtlich.

Tucker fühlte diesbezüglich noch tiefer. Er verteidigte die Schwachen und diejenigen, die sich gegen Tyrannen nicht wehren konnten, gerne. Seine Wut war tief verwurzelt, da seine jüngere Schwester Opfer solcher Grausamkeit geworden war. Sie war besonders auf die Welt gekommen mit weit auseinander liegenden Augen und einem sanften Gemüt. Während ihr Körper älter wurde, war ihr Gehirn auf dem Stand einer Vierjährigen geblieben. Tucker, der fünf Jahre älter war als sie, hatte auf sie aufgepasst. Aber er konnte sie nicht die ganze Zeit beschützen, vor allem nicht vor seinen eigenen Eltern. Als seine Mutter gestorben war, hatte sein Vater sie in eine Institution gegeben, wo sie nur wenige Monate später gestorben war.

Nur ein Jahr später hatte Tuckers Vater meine Mutter geheiratet. Tuckers Vater war ein Arschloch gewesen, weshalb es einfach gewesen war, ihn zu hassen, sogar im zarten Alter von elf Jahren. Warum meine Mutter ihn geheiratet hatte, hatte ich nie verstehen können, aber dadurch hatte ich immerhin einen Bruder gewonnen. Er mochte rechtlich gesehen zwar mein Stiefbruder sein, aber das war nur ein Wort.

Tucker hatte seinem Vater nie vergeben, was er getan hatte und obwohl ich seine Schwester Clara nie kennengelernt hatte, stimmte ich ihm aus ganzem Herzen zu. Wegen seiner Vergangenheit und der Grausamkeit in seiner eigenen Familie würde er nicht zulassen, dass irgendjemand Abigail belästigte, wenn es nach seinem Willen ging. Nicht ein einziges böses Wort. Ich würde das genauso wenig dulden, aber Tucker war…etwas fanatisch deswegen.

„Oh, Tucker. Die Narbe definiert sie nicht", sagte Laurel unbeeindruckt von seinem Ausbruch. Sie ging zu ihm und tätschelte seinen Arm. Wir wussten alle, was mit seiner Schwester passiert war und warum er so schnell ausrastete. Wir wussten, dass er impulsiv handelte, wenn es um etwas wie Abigails Narbe ging, um etwas so Geringes in Bezug auf die Frau, die wir liebten, weil er *zu* nett war. Er lächelte Laurel an und ging dann einen Besen holen.

Die anderen Männer stürmten in den Raum, um

herauszufinden, was den ganzen Lärm verursacht hatte und ob jemand verletzt war.

„Abigail Carr scheint unter Tuckers Schutz zu stehen", erklärte Andrew den anderen.

„Und meinem", fügte ich hinzu und verschränkte die Arme vor der Brust.

Da begann Andrew zu lachen und schlug mir grinsend auf die Schulter. „Sie werden sie für sich beanspruchen. Sieht aus, als würden wir bald eine neue Braut hier auf Bridgewater haben."

Verdammt richtig. Jetzt mussten wir nur noch losziehen und sie uns schnappen.

KAPITEL 5

KAPITEL VIER

TUCKER

Als Gabe und ich uns bezüglich Abigail einig waren und darüber, dass sie endlich die Unsere werden würde, wurde ich ungeduldig. Ich sehnte mich danach, herauszufinden, wie weich ihre Haare waren, mit meinen Knöcheln über ihre seidige Haut zu streicheln, ihre Lippen zu schmecken, sie keuchen zu hören, wenn ich anfing ihre Bluse aufzuknöpfen, ihr Gesicht zu sehen, wenn ich sie zum Höhepunkt brachte. Sie musste unbedingt die Meine werden, die Unsere.

Sie mochte zwar einen Bewunderer haben, aber er besaß nicht ihr Herz. Deshalb hatten wir keine Bedenken, sie ihm wegzunehmen. Wenn sie verlobt gewesen wäre, wenn wir ein Leuchten und Liebe in ihren Augen gesehen hätten, als wir auf der Hochzeit mit ihr gesprochen hatten, dann hätten wir uns zurückgezogen. Aber das war nicht der Fall.

Wie Laurel gesagt hatte, war Abigail jedoch schüchtern. Geradezu schreckhaft. Die zwei behüteten Jahre in der Schule hatten zwar die anderen Männer – fast alle – von ihr ferngehalten, aber sie hatten ihr kein Selbstbewusstsein gegeben. Deswegen mussten wir vorsichtig vorgehen, bis wir das ändern konnten. Sie würde sich auf Bridgewater nie wieder ausgeschlossen oder allein fühlen. Sie würde zwei Männer haben, die sie zum Zentrum ihrer Welt machten und eine Gruppe Frauen, die sofort ihre Freundinnen werden würde.

Wenn sie den wertlosen Menschen, die ihr einredeten, sie wäre wegen ihrer Narbe deformiert, zuhörte anstatt ihren Männern, die ihr erzählten, wie hübsch und begehrenswert sie war, dann würde ich sie über mein Knie legen. Sie würde durch einige gezielte Schläge auf den Po lernen, dass sie sich niemals wieder selbst schlecht machen sollte.

Clara war nie in der Lage gewesen, zu verstehen, warum die Leute gemein zu ihr waren und sich über sie lustig gemacht hatten. Das Gehirn meiner Schwester hatte sich nicht weiterentwickelt als bis zum Stadium eines Kleinkindes. Ich hatte auf sie aufgepasst – jeder, der sie belästigt hatte, hatte eins auf die Nase bekommen oder Schlimmeres. Aber ich hatte nicht all den Hohn und Spott abwehren können. Als ich zehn geworden war, hatte ich bereits viele Kämpfe hinter mir und die meisten Leute ließen Clara in Ruhe. Sie hatte nicht gewusst, dass diese Leute nur gemeine, erbärmliche Mistkerle waren.

Anders als Clara wusste Abigail das und dennoch ließ sie zu, dass diese Arschlöcher sie dazu brachten, an sich selbst zu zweifeln. Wieder und wieder, bis sie Angst hatte, mir direkt in die Augen zu sehen, weil sie beschämt ihre Narbe verstecken wollte. Sie sorgten dafür, dass sie sich weniger hübsch, weniger als perfekt hielt. Es würde an mir und Gabe liegen, das zu ändern. Das würde nicht über Nacht passieren, aber es *würde* passieren, sobald sie die Unsere war.

Deswegen banden wir unsere Pferde am nächsten Tag an den Balken vor dem Ranchhaus der Carrs und klopften an die Eingangstür, die weit offenstand.

Trockenes Husten eilte James voraus, während er langsam zur Tür schlurfte. Er sah aus, als wäre er hinter einem Pferd her geschleift worden.

„Wenn ich mich nicht so beschissen fühlen würde, würde ich mich freuen euch zu sehen", begrüßte er uns, trat zurück und ließ uns eintreten. Seine Haare waren zerzaust, seine Kleider zerknittert und seine Haut glänzte fiebrig rot. Auch wenn ich nicht zu genau hinschaute, war ich mir dennoch ziemlich sicher, dass die Knöpfe auf seinem Hemd falsch geschlossen worden waren.

„Wir sind eigentlich hier, um Abigail zu besuchen."

Wir nahmen unsere Hüte ab, als wir durch die Tür traten. Wir waren bereits mehrere Male in seinem Haus gewesen, aber nie, wenn Abigail zu Hause war. Es war ein großes Haus, das jede Menge Platz für eine Familie bot, falls sich James dazu entscheiden sollte, eine zu gründen. Das lag allerdings noch in weiter Ferne, denn es wirkte nicht, als wäre er in Eile. Die Fenster waren alle geöffnet und ich konnte den Mittelgang hinabsehen und entdeckte, dass auch die Hintertür für die frische Luft geöffnet war.

„Wie ich bereits sagte, wenn ich mich nicht so beschissen fühlen würde, würde ich wahrscheinlich wissen wollen, warum ihr Abigail besucht. Keine Sorge, es ist nur eine Sommergrippe. Nicht mehr."

Er führte uns ins Wohnzimmer, ließ sich auf die Couch fallen und seufzte, während er seinen Arm hob, um seine Augen zu bedecken.

Ich warf Gabe einen Blick zu, der mit den Schultern

zuckte. Wir hatten James noch nie zuvor so krank gesehen. Es gab nicht viel, was diesen Mann umwarf.

„Abigail, sie ist oben, packt ihre Taschen aus", sagte er.

Obwohl James es nicht sehen konnte, sah ich ihn verwirrt an. „Packt aus? Ich dachte, sie wäre bereits seit einigen Tagen zurück."

„Sie wollte nach Butte gehen, allein. Mit dem Pferd." Er hob lang genug seinen Arm von den Augen, um uns anzuschauen. „Als ob ich so etwas erlauben würde."

„Warum wollte sie gehen? Ich dachte, sie hätte die Schule beendet", erwiderte ich, während ich mich gerade aufrichtete bei der Vorstellung, dass Abigail ohne Begleitung so weit reiste. Ich bezweifelte nicht, dass sie bei guten Bedingungen keinerlei Probleme hätte, aber sie könnte in Gefahr geraten, wenn alles schief ging.

„Sie ist fertig mit der Schule. Zur Hölle, sie ist neunzehn, mehr als alt genug dafür. Nein, sie wollte nach Butte, um ihren Mann zu sehen."

War da doch mehr zwischen ihnen, als sie uns Glauben gemacht hatte?

„Er sollte hierher zu ihr kommen", kommentierte Gabe.

Welche Art von Gentleman ließ eine Frau so weit reisen, noch dazu allein? Und warum wollte sie für einen Mann, von dem sie eindeutig nicht allzu begeistert war, nach Butte gehen?

James ließ seinen Arm sinken und er hing nach unten zu Boden, als würde er eine Tonne wiegen. „Genau. Ich habe ihr gesagt, wenn sie gehen will, dann werde ich sie begleiten, wenn ich mich nicht mehr so beschissen fühle. Ich will den Mann kennenlernen."

Ich konnte über meinem Kopf Schritte hören und wir sahen alle zur Decke hoch.

James seufzte. „Sie ist nicht glücklich."

Ich fragte mich, ob es Abigail störte, dass sie nicht gehen

konnte oder dass sie nicht allein gehen konnte.

„Wir werden sie begleiten", bot ich an.

James stemmte sich hoch, sodass er auf dem Sofa saß, wenn auch ziemlich in sich zusammengesunken. Er wischte sich die Haare aus dem Gesicht. „Warum zur Hölle würdet ihr das tun wollen?"

„Weil wir sie wollen." Gabe sagte es ihm offen und ehrlich. Erzählte es dem einzigen Mann, der uns im Weg stand, Abigail zu der Unseren zu machen.

James Augen weiteten sich und er beugte sich nach vorne, legte seine Ellbogen auf die Knie. Er mochte zwar krank sein, aber er riss sich zusammen, wenn es erforderlich war. Er war jetzt im Großer-Bruder-Beschützermodus. Zwei Männer wollten seine Schwester und er würde uns zu Brei schlagen, obwohl er krank war, wenn er musste.

„Ihr wollt sie?", wiederholte er mir angespanntem Kiefer. „Habt ihr – "

„Fuck, James, du kennst uns besser als das", knurrte Gabe und verschränkte seine Arme vor der Brust.

Er dachte, wir hätten uns ihr genähert, hätten sie berührt. Sie gefickt. Ich musste solche Sorgen sofort abwehren. „Wir würden sie nicht anfassen, wenn sie wahrhaftig einem anderen gehören würde und wenn sie die Unsere wäre, nicht bis ein Ring an ihrem Finger steckt."

Das hielt mich jedoch nicht davon ab, darüber *nachzudenken*, aber das musste der Mann ja nicht wissen.

„Gut, denn hier gibt es eine Menge Land, um eure Körper zu vergraben. Allerdings glaube ich nicht, dass ich im Moment eine Schaufel heben könnte." Er stöhnte. „Wie ihr gesagt habt, tut sie das aber. Einem anderen Mann gehören, meine ich." Er drehte sein Handgelenk. „Aaron irgendwas."

Gabe schüttelte langsam seinen Kopf. „Wir glauben nicht, dass sie ihn liebt."

James schwieg für eine Minute. „Und ihr denkt, sie liebt

euch?"

Der stählerne Klang seiner Stimme konnte einem nicht entgehen. Es war beruhigend, zu wissen, dass Abigail jemanden hatte, der so wachsam auf sie aufpasste wie ihr Bruder. Aber sie auf eine Schule wegzuschicken, um sie vor den Hänseleien wegen ihrer Narbe zu beschützen, hatte nur noch mehr Schaden angerichtet. Sie war kein Kind und vielleicht brauchte sie ein wenig Unabhängigkeit, eine Chance, ihr eigenes Glück zu finden. Mit uns.

„Wir wissen, dass sie interessiert ist", antwortete ich, wobei ich vermied, ihm zu erzählen, woher wir das wussten. Wir würden ihm nicht erzählen, dass sie errötet war, als wir bei der Hochzeit recht unanständig und verrucht mit ihr gesprochen hatten. Sie hatte ihre Lippen geleckt und ihre Augen waren weich und begierig geworden, als wir ihr erklärt hatten, was wir tun würden. Aber James musste auch davon nichts wissen.

„Ist das der Grund, warum ihr euch freiwillig meldet, mit ihr nach Butte zu gehen? Um auf sie aufzupassen oder weil ihr sie wollt?" Er presste sein Kiefer fest zusammen und ich sah einen Muskel an seinem Hals zucken. Dann hatte er einen Hustenanfall. Ich zuckte zusammen und tat alles in meiner Macht, um keinen Schritt zurück zu machen.

„Beides", antwortete ich. „Wenn sie so entschlossen ist, nach Butte zu gehen, werden wir nicht zulassen, dass unsere Frau ohne Schutz durch das Land streift. Falls der Mann ihrer nicht wert ist, dann werden wir uns darum kümmern. Falls ihm ihr Herz nicht gehört...dann ist sie die Unsere."

Gabe nickte. „Unsere." Er glaubte an keines der „falls", die ich gerade erwähnt hatte.

James sah zwischen uns hin und her. „Ich kenne die Bridgewater Sitte, aber kennt Abigail sie? Wenn nicht, wird sie einige Überredungskunst brauchen."

Ich war froh, dass wir die Sitte, dass zwei Männer eine

Frau heirateten, nicht erklären mussten, besonders nicht dem Bruder der Frau, die wir heiraten wollten. Die Sitte war von den Männern, die Bridgewater gegründet hatten, ins Leben gerufen worden. Es handelte sich um eine Gruppe englischer und schottischer Soldaten, die in dem kleinen fernöstlichen Land Mohamir stationiert gewesen und deren Sitten übernommen hatten. Ian Stewart war ein schreckliches Verbrechen angehängt worden und sie waren um die halbe Welt zum Montana Territorium geflohen, einem sicheren Ort, um ein neues Leben zu beginnen und eine Frau zu finden, die sie lieben, ehren und beschützen konnten. Bis jetzt hatte es neun Eheschließungen gegeben. Wenn es nach uns ging und das würde es, würden es vor Ende des Tages zehn sein.

Ich nickte knapp. „Das tut sie, aber sie hat es nicht von uns erfahren. Von Laurel, glaube ich."

„Ihr werdet sie anständig behandeln?", fragte er und sah zwischen uns hin und her.

Gabe versteifte sich und ich tat alles in meiner Macht stehende, um meine Hände nicht zu Fäusten zu ballen.

„Es ist ein schmaler Grat, Carr, zwischen dem Beschützen deiner Schwester und der Beleidigung unserer Ehre."

„Vielleicht habe ich mich nicht klar genug ausgedrückt. Wir werden sie nicht nur beschützen. Wir werden sie heiraten." Gabe musterte James vorsichtig.

„Warum seid ihr hierhergekommen? Um euer Interesse kundzutun?"

„Wir wollen sie seit Jahren." Ich hielt meine Hand hoch, bevor er sich über nichts aufregte. „Reg dich nicht auf. Wir haben nichts in diese Richtung unternommen. Jemals. Wir haben gewartet, bis sie alt genug ist, um von unserem Interesse zu sprechen. Und es ist nicht nur Interesse, Carr. Wir reden hier von Verpflichtung. Ehe. Wir wollen nicht länger warten."

„Sie ist erst seit weniger als einer Woche zurück", entgegnete James.

„Wir haben lang genug gewartet und werden nicht untätig dasitzen, während ein anderer Mann sie beansprucht", erklärte ich ihm.

Leise Schritte deuteten darauf hin, dass sie die Treppe runterkam.

„Wir werden das auf unsere Weise tun, Carr", murmelte ich, da ich nicht wollte, dass Abigail wusste, dass wir über sie gesprochen hatten. „Bei allem gebotenen Respekt, sie ist eine erwachsene Frau und muss ihre eigenen Entscheidungen fällen, ohne ihren älteren Bruder."

James drehte seinen Kopf in Richtung der Treppe, dann zurück zu uns. Sein Kiefer verhärtete sich, aber er nickte. „Einverstanden."

Auch wenn er nicht allzu begeistert war, dass zwei Männer seine Schwester heirateten, musste er nachgeben. Er kannte uns seit Jahren und wir respektierten uns gegenseitig. Das sollte sich wegen dieser Sache nicht ändern. Er musste unsere gemeinsame Vergangenheit nutzen, um endlich seine Elternrolle gegenüber seiner Schwester aufzugeben. Wir waren das Beste für sie und er würde schon bald zum gleichen Schluss gelangen.

Er begann zu husten und rutschte auf der Couch wieder auf seinen Rücken.

„Du solltest nicht einmal dein Bett verlassen", schimpfte Abigail aus dem Flur. „Ich habe alle Fenster und Türen geöffnet, aber du wirst alle anstecken, wenn du – "

Sie trat in den Raum und stoppte bei unserem Anblick abrupt. Ihre Augen wurden groß und ihr Mund klappte auf. Sie drehte sich, um zu ihrem Bruder zu schauen. Es war ihr schon so in Fleisch und Blut übergegangen, die rechte Seite ihres Gesichtes von den Leuten wegzudrehen, einschließlich uns zweien. Sie mochte sich jetzt noch verstecken, aber nicht mehr lange.

„Mr. Landry", murmelte sie und sagte den Namen nur einmal, aber wir wussten, dass sie uns beide damit meinte. „Was für eine angenehme Überraschung."

Heute trug sie einen einfachen dunkelblauen Rock, dessen Saum über den Boden strich. Ihre weiße Bluse war faltenfrei und bis zum Kinn zugeknöpft. Sie war das Sinnbild von Sittsamkeit und dennoch schwirrten die unsittlichsten Gedanken durch meinen Kopf. Wie würde sie aussehen, wenn ihre Haare offen wären? Wenn die obersten Knöpfe geöffnet wären, sodass man einen winzigen Blick auf ihre Brüste hatte? Wenn sie den Saum ihres Rockes etwas anheben würde, um ihre Fußknöchel zu zeigen und dann mehr?

„Ich weiß, dass du nach Butte gehen willst, Abigail", sagte James, womit er mich aus meinen Gedanken riss. So wie er auf dem Sofa lag, war Abigail größer als er und er sah zu ihr hoch. „Ich bin zu krank, um dich hinzubringen, aber die Landrys haben sich stattdessen freiwillig gemeldet."

Sie sah uns beide eindeutig panisch an. Sie hatte keine Angst vor uns. Das wussten wir. Sie war bestimmt nervös, weil wir forsche Männer waren und sie so behütet aufgewachsen war. Ihr Gehirn arbeitete schwer, darum bemüht, eine Antwort zu finden. Dass wir sie nach Butte eskortierten, war wahrscheinlich das Letzte, was sie sich vorgestellt hatte.

„Dankeschön, dass ihr euch freiwillig gemeldet habt, aber das ist nicht nötig", sagte sie schließlich, während sie ihre Hände vor ihre Taille hielt und knetete.

„Wir bestehen darauf", erwiderte Gabe. „Ich bin mir sicher, dein Bruder würde gerne wieder in sein Bett gehen und sich ausruhen. Wenn du deine Tasche…wieder packst, können wir losreiten."

KAPITEL 6

KAPITEL FÜNF

ABIGAIL

„Geht es dir gut, Abigail?", fragte Gabe, während wir über die offene Prärie ritten. Die Sonne brannte heiß vom Himmel und ich war dankbar für meinen Strohhut.

Ich war erschöpft und nervös und völlig durcheinander. Ich hatte wegen meiner Sorgen um Tennessee und darüber, was ich Mr. Grimsby mitbringen sollte, nicht schlafen können. Als ich endlich geschlafen hatte, hatte ich von Gewehren und Tod geträumt. Und dann die immerzu verruchten Gedanken an die Landrys. Jetzt ritten sie neben mir. Wie sollte ich nicht nervös sein, nachdem ich die letzte Stunde neben Gabe und Tucker geritten war, den Männern, die ich aus ganzem Herzen wollte? Ihr reiner Duft war unwiderstehlich und obwohl sie so groß waren, saßen beide

Männer auf ihren Pferden, als wären sie im Sattel geboren worden. Ich konnte nicht anders, als ihre kräftigen Schenkel anzustarren, die ihre Hosen spannten, ihre muskulösen Unterarme, die unter ihren hochgerollten Ärmeln hervorlugten. Die Größe ihrer Hände. Es war meine eigene Folter.

Ich wollte ihnen die Wahrheit erzählen, nicht nur über den ausgedachten Aaron, sondern auch über meine Liebe zu ihnen. Die Worte lagen mir auf der Zungenspitze. Die Männer waren ruhig und bereit, allem, was ich zu sagen hatte, zuzuhören, aber ich konnte es nicht tun. Sobald sie rausfanden, dass ich gelogen hatte, würden sie mich hassen. Und den wahren Grund, aus dem ich gelogen hatte, konnte ich ihnen mit Sicherheit nicht erzählen. Die Vorstellung, dass auf einen von ihnen Mr. Grimsbys Pistole gerichtet wurde, ließ mir das Blut in den Adern gefrieren.

Und wenn sie wüssten, dass ich die Diamantbrosche meiner Mutter in meiner Tasche aufbewahrte, um sie Mr. Grimsby zu geben, wären sie mehr als wütend. Die Brosche war das einzig Wertvolle, das James nicht sofort vermissen würde, das klein genug war, um es zu verstecken und das einen hohen Wert hatte. Ich hatte James bestohlen, der die Brosche seiner Braut an ihrem Hochzeitstag hätte geben sollen. Stattdessen nutzte ich sie jetzt, um sie bei einem sehr bösen, sehr gefährlichen Mann gegen Tennessees Sicherheit einzutauschen.

Ich warf einen kurzen Blick zu Gabe, der mit seinen dunklen Haaren und Bart, sowie den gleichermaßen dunklen und eindringlichen Augen unglaublich gut aussah. Ich biss auf meine Lippe, mein Geist – mein Herz – litten Qualen. Ich nickte ihm kurz zu, als er zu mir sah, dann schaute ich zu den schneebedeckten Bergen in der Ferne.

Mein ursprünglicher Plan war, allein und über Nacht nach Butte zu gehen, Mr. Grimsby die Brosche zu geben, sicherzustellen, dass Tennessee freigegeben wurde und dann nach Hause zurückzukehren. Ich würde James – und der gesamten Stadt – erzählen, ich hätte mich mit meinem Verehrer zerstritten. James würde wahrscheinlich froh sein, dass ich eine Romanze mit jemandem, der so weit weg lebte, beendet hatte. Dann wäre ich ein für alle Mal frei von Mr. Grimsby und der Lüge. Die Menschen aus der Stadt würden mich zwar bemitleiden, aber das war mir egal. Solange Tennessee in Sicherheit war und Mr. Grimsby James nicht seine Handlanger auf den Hals hetzte, war alles andere nebensächlich. Wenn James herausfand, dass die vererbte Brosche fehlte…nun, darüber würde ich mir an einem anderen Tag Gedanken machen.

Aber mein Plan sollte keinen Erfolg haben. James hatte mir verboten, allein zu reisen. Seine Sorge um meine Sicherheit, wenn ich allein in der Wildnis unterwegs war, war der alleinige Grund gewesen. Obwohl wir gestritten hatten, während er krank war, hatte er gewonnen.

Ich hatte meine Tasche ausgepackt, während ich mir den Kopf darüber zerbrochen hatte, wie ich rechtzeitig mit der Brosche nach Butte zurückkehren könnte, um Tennessee zu retten. Eine Stunde später, als mich James in die Stube gerufen hatte, hatte ich noch keinen neuen Plan und war verblüfft, die beiden Landrys zu sehen. Als sie sich freiwillig gemeldet hatten, mich nach Butte zu begleiten, hatte es keine Möglichkeit gegeben, das abzulehnen. Wohingegen James stur und dickköpfig war, waren die Landrys gleich zweimal so schlimm. Sie ließen nicht locker und, wenn ich ihr Angebot ablehnte, hätte ich keine andere Möglichkeit gehabt, in die Stadt zu kommen. Aber jetzt hatte ich mit dem Problem zu kämpfen, wie ich mich lang genug von ihnen absondern konnte, um mich mit Mr. Grimsby zu treffen.

Ich biss wieder einmal auf meine Lippe und knetete meine Hände, obwohl ich die Zügel festhielt. Was sollte ich nur tun? Ich wagte einen Blick zu Gabe und Tucker, die entspannt und unbekümmert neben mir ritten. Die Sonne reflektierte von ihren Haaren, die unter den Hüten hervorlugten: Tuckers blonde Locken und Gabes dunkles Kraushaar. Sie beobachteten mich während der gesamten Reise aufmerksam und ich rutschte wieder hin und her.

Ich *wollte* die Landrys. So, so sehr. Sie würde bald vorbei sein, ihre Freundlichkeit mir gegenüber. Sie würden mich hassen, mich ablehnen. Mich für ein kleines Mädchen halten, weil ich so etwas Dummes wie einen nicht existenten Verehrer erfunden hatte. Ich hatte ihre Zeit damit verschwendet, mich nach Butte zu begleiten. Ich würde ihnen ihre Enttäuschung und Frust nicht zum Vorwurf machen. Sie würden das Ganze problemlos hinter sich lassen und eine Frau finden können, die zu ihnen passte und die sich keine Geschichten ausdachte.

Den Klumpen in meiner Kehle hinabschluckend, sah ich weg und blinzelte Tränen zurück. Ich würde nicht weinen. Ich konnte nicht. Die Schuld lag allein bei mir und sehr schwer auf meinen Schultern. Ich hatte mir das selbst eingebrockt. Nein, Tennessee hatte das Ganze begonnen, aber das war nicht länger von Bedeutung.

Als die Männer ihre Pferde Richtung Westen lenkten, runzelte ich die Stirn. „Wohin gehen wir?", fragte ich. „Butte liegt im Süden."

„Bridgewater", antwortete Tucker.

„Bridgewater?", wiederholte ich. „Warum?"

Wir gingen nicht nach Butte?

„Es ist an der Zeit, dass wir miteinander reden, meinst du nicht?" Gabe musterte mich.

Ich schluckte. Was wussten sie? „Gabe – "

Er schüttelte den Kopf. „Nicht hier, Schatz. Wenn wir bei unserem Haus ankommen, werden wir reden."

Ich schüttelte meinen Kopf. Ich wollte nicht den ganzen

Weg nach Bridgewater reisen, damit sie mich dann dort ablehnen konnten. Bridgewater! Mit Laurel und Olivia, all den anderen. Ich musste ihnen die Wahrheit erzählen, zumindest darüber, dass ich den Verehrer erfunden hatte. Ich musste ihnen ja nicht den Grund dafür nennen.

„Ich habe gelogen." Die Worte schossen mir förmlich aus dem Mund und ich biss wartend auf meine Lippe.

Die Männer verlangsamten ihre Pferde und sahen zu mir. Da sie mich flankierten, konnte ich nicht beiden gleichzeitig in die Augen schauen, aber ich konnte die Intensität ihrer Blicke auf mir spüren.

„Gelogen?", wiederholte Tucker mit gerunzelter Stirn.

Ich sah hinab auf meine Hände auf den Zügeln. Meine Knöchel waren weiß geworden, da ich sie so fest umklammerte. „Ja. Es gibt keinen Mann in Butte."

„Du hast keinen Verehrer?", fragte Gabe.

Ich schüttelte meinen Kopf. „Nein."

Sie ritten weiter in Richtung Bridgewater. Ich verstand nicht, warum sie nicht umdrehen und mich nach Hause bringen oder wenigstens mit Fragen über meine Lüge löchern wollten. Ich saß verwirrt von ihrem Schweigen auf dem Pferd.

Gabe sagte lediglich: „Wir werden beim Haus reden." Mehr nicht.

Der restliche Ritt nach Bridgewater kam mir unendlich lang vor. Ich hatte davon geträumt, dass sie mich mit sich nach Hause nehmen würden, aber nicht so. Nicht, wenn so vieles und Mr. Grimsby zwischen uns standen.

Ich war noch nie zuvor auf der großen Ranch gewesen. Als wir zu einem mittelgroßen Haus, das hoch oben auf einem Hügel stand, ritten, konnte ich andere Gebäude in der Ferne ausmachen. Ich fragte mich, welches der Häuser Laurel und Olivia gehörte.

Sie stiegen von ihren Pferden, dann halfen sie mir von

meinem.

„Ich bin erschöpft von der Reise", verkündete ich, wobei ich Angst hatte, ihnen in die Augen zu schauen. „Ich würde mich gerne ausruhen, bevor ihr mich zu meinem Bruder zurückbringt."

Das war eine erbärmliche Ausrede, um dem Reden zu entkommen, da der Ritt nicht einmal zwei Stunden gedauert hatte.

Glücklicherweise waren Gabe und Tucker Gentlemen und diskutierten nicht darüber. Gabes Hand lag nach wie vor auf meinem Ellbogen und so führten sie mich in ihr Haus. Es war einstöckig, aber ziemlich groß. Die Schindeln waren weiß bemalt und auf der vorderen Veranda standen zwei Schaukelstühle. Man hatte eine wunderbare Aussicht auf das offene Land der Ranch und die Berge in der Ferne. Es war ein wunderschöner Ort.

Aber ich konnte es nicht genießen. Jeder Schritt, den ich machte, war schrecklich, da ich sie direkt neben mir hatte und sie dennoch so unendlich weit weg waren. Ich konnte sie sogar riechen und ihr Duft war dunkel und würzig und perfekt. Sie führten mich einen Flur hinab zu einem Schlafzimmer. Es war einfach möbliert, wobei das Bett, das größte, das ich jemals gesehen hatte, den Hauptteil des Raumes einnahm. Ein Männerhemd hing an einem Haken an der Wand, ein Paar gut getragener Stiefel standen am Fuß des Bettes und ich sah Rasierwerkzeug auf der Kommode liegen.

Im Türrahmen holte ich tief Luft und wappnete mich selbst, drehte mich zu ihnen um und dankte ihnen für ihre Aufmerksamkeit. Als Tucker um mich herum und ins Schlafzimmer lief, entdeckte ich, dass sie andere Vorstellungen hatten.

Gabe trat nach vorne, wobei seine dunklen Augen auf mich gerichtet waren, und ich trat zurück. Er kam näher und ich lief Schritt für Schritt rückwärts in den Raum, bis meine Waden gegen das Bett stießen.

„Gabe, was machst du?", fragte ich in dem Versuch, mich wegzubewegen, damit ich mich nicht so eingeengt fühlte. „Ich...ich würde mich gerne hinlegen." Das *entsprach* der Wahrheit, aber ich ließ den Teil aus, dass ich das mit ihm tun wollte. Mit *ihnen*.

„Gut", erwiderte er, während Tucker die Tür hinter sich schloss. „Du darfst dich über meinen Schoß legen."

Gabe setzte sich auf die Seite des Bettes und zog mich ohne großes Federlesen über seine Knie. Ich keuchte erschrocken von seiner Schnelligkeit auf. Mein Oberkörper lag auf der bequemen Matratze und ich stemmte mich sofort auf meine Hände in dem Versuch, mich wieder hinzustellen.

„Gabe – "

Er nahm einen seiner Füße und verhakte ihn mit meinen, wodurch er meine Beine an Ort und Stelle festhielt. Mit einer Hand auf meinem unteren Rücken hielt er mich nach unten, sodass ich nirgendwohin gehen konnte. Ich sah hilfesuchend zu Tucker, aber der lehnte mit verschränkten Armen und völlig entspannt an der Wand. Was Gabe tat, überraschte oder störte ihn nicht. Er bot mir keine Hilfe an. Ich hatte erwartet, dass er das tun würde, da er ein Gentleman war und niemandem erlauben würde, so grob mit mir umzugehen. Niemandem außer Gabe, wie es schien.

„Nun, Schatz", begann Gabe. Die Handfläche in meinem Rücken war beharrlich, dennoch sanft, während er mich ruhig hielt. Ich konnte die Hitze seiner Hand durch mein Kleid spüren. „Erzähl und von deiner Lüge."

„Was? Lass mich hoch!" Ich wand mich, da ich nicht sonderlich Lust hatte, es ihnen auf solche Weise zu erzählen. Ihnen in die Augen zu schauen und zu erzählen, dass ich gelogen hatte, war schon schlimm genug. Es mit meinem Hintern in der Luft zu tun, war sogar noch schlimmer.

„Nicht mehr, Abigail. Wir haben lange genug gewartet. Wir wollen die Wahrheit und wir wollen sie jetzt."

Ich war zu gleichen Teilen verärgert und verängstigt. Ich konnte mich nicht aufrichten, konnte den Männer mit keinen Ausreden mehr entkommen.

„Du kannst es uns erzählen oder Gabe kann dir den Hintern versohlen", erklärte Tucker. Seine Gelassenheit ärgerte mich. „Dann wirst du es uns mit einem knallroten und sehr wunden Hintern erzählen."

Ich drehte meinen Kopf über meine Schulter, um zu Gabe hochzuschauen. „Das würdest du nicht."

Anstatt mir zu antworten, packte er den Saum meines Rockes und warf ihn nach oben und über meinen Rücken, schob das Material so weit hoch, dass mein Schlüpfer entblößt wurde. Ich schrie wieder seinen Namen und wand mich.

Er zischte und blickte schon fast ehrfürchtig auf meinen Hintern. Dann schlug er ihn. Einmal, aber das war genug, damit ich mich versteifte und aufkeuchte. Der Schmerz war beißend und hell, aber nach einer Sekunde brannte es nur noch, zusammen mit meinem Stolz.

„Bist du nicht müde, alles für dich zu behalten?", fragte Gabe und streichelte mit seiner Hand über die Stelle, auf die er geschlagen hatte. „Das Gewicht muss erdrückend sein."

Ich presste meine Lippen zusammen. Es war erdrückend, sie wegen Tennessee und dem Grund, aus dem ich nach Butte ging, nicht um Hilfe zu bitten. Aber Mr. Grimsby würde sie *töten*. James ebenfalls. Und daher würde ich meine Lüge mit einer weiteren Lüge verschleiern müssen.

Gabe schlug mir wieder auf den Po, der Knall hallte durch den kleinen Raum. Dann zerrte er an meinem Schlüpfer und zog ihn nach unten, sodass er um meine Schenkel hing. Ich war vor ihm entblößt. Vor beiden.

KAPITEL 7

KAPITEL SECHS

ABIGAIL

„Was tust du da?", schrie ich. Sie konnten meinen Hintern sehen!

„Fuck", hörte ich Tucker flüstern. „So ein hübscher Po, Schatz. Sogar mit Gabes Handabdruck, ganz heiß und rot."

„Gabe!", schrie ich wieder und versuchte, mich aus seinem Griff zu winden. Ich war noch nie zuvor so entblößt worden. Nicht nur körperlich, sondern auch seelisch, da sie versuchten, all meine Geheimnisse aufzudecken. Das Wissen, dass sie meinen bloßen Hintern, der laut Tucker ziemlich rot wurde, sehen konnten, ließ mich erröten.

Aber die Scham darüber, dass sie mich so sahen, wurde noch von der Sorge übertrumpft, was sie wohl tun würden, wenn ich ihnen alles gestand. Ich wollte es ihnen erzählen, das wollte ich wirklich – ich sehnte mich schmerzhaft danach – aber ich wusste, dass sie mich verlassen würden, wenn sie die Wahrheit erst einmal kannten. Auch wenn ich mit Sicherheit nicht wollte, dass mir der Hintern versohlt wurde, gefiel es mir dennoch, das Zentrum ihrer Aufmerksamkeit zu sein. Sie konzentrierten sich auf *mich*. Ich wusste nicht warum, aber es gefiel mir.

Da ich weiterhin schwieg, fuhr Gabe fort, meinen Hintern zu malträtieren. Er ließ keine Hautpartie unberührt, schlug sogar auf meine Oberschenkel. Mein Fleisch war heiß und kribblig und der Schmerz wurde immer größer, wandelte sich in einen Ball aus Empfindungen, die mehr waren als nur seine Hand, die auf meinen Po traf. Es war das Wissen, dass er das mit mir tat und ich mich nicht wehren konnte, während Tränen über meine Wangen rannen.

„Ja. Lass es raus, Schatz", murmelte Tucker und ging neben dem Bett in die Hocke, damit er mit seiner großen Hand über meine Haare streicheln konnte. „Gib es uns, damit wir uns darum kümmern können."

Er sprach, als ob meine Bürde eine greifbare Sache wäre, die ich ihnen einfach übergeben könnte. Aber ich konnte nichts tun, außer anzunehmen, was Gabe tat, mich den Schlägen hinzugeben. Ich musste aufgeben, mich den Schlägen unterwerfen, da ich keine Kontrolle hatte. Ich konnte nichts anderes tun, als mich in das Gefühl seiner Hand, die auf meinen brennenden Po traf, fallen zu lassen. Es war, als würde er das Elend meiner Lüge nehmen und es real machen, den Schmerz meiner Lüge in etwas Greifbares umwandeln.

Es war nicht mehr in mir eingeschlossen, sondern kam mit jedem Schlag heraus, mit jeder gefallenen Träne. Da begann ich heftig zu schluchzen und ließ los, genau wie es Tucker verlangt hatte. Ich konnte nicht denken, konnte mir keine Sorgen machen, nur die kribbelnde Hitze spüren, die sich in mir ausbreitete.

Tucker summte mir leise Worte zu, während Gabe weitermachte, auch wenn die Schläge jetzt sanfter waren, fast als wolle er mir all meine Tränen entlocken. Endlich, endlich hörte er auf, seine Hand streichelte über meine erhitzte Haut, liebkoste mich sanft. Zärtlich.

Ich weinte immer noch. Aus irgendeinem Grund fühlte es sich gut an, fast schon kathartisch, die Tränen rauszulassen. Ich war niemand, der in Hysterie ausbrach, aber vielleicht war das ja das Problem. Vielleicht musste ich weinen, um mich von dem Elend in mir zu reinigen und diese Männer wussten, was ich brauchte. Sie rannten nicht davon. Sie blieben direkt bei mir. Ich ließ los, als würde ich von einem hohen Turm fallen und ich zerbrach nicht. Tatsächlich fingen sie mich auf. Und dennoch…die Wahrheit war nicht ausgesprochen worden. Nur die Worte: *Ich habe gelogen.* Wenn sie mehr wussten, würden sie sicherlich aufstehen und gehen. Aber es war an der Zeit. Egal, was passieren würde, es war an der Zeit.

Tucker hob mein Kinn an und wischte mit seinem warmen Daumen über meine Tränen. „Erzählst du es uns?", bat er mich, wobei seine Stimme kaum mehr als ein Flüstern war.

Ich nickte, schniefte und sah in seine hellen Augen hoch. „Wie ich bereits sagte, gibt es…gibt es keinen Mann."

Ich ruckte mit meinem Kinn, um wegzuschauen, aber Tucker lockerte seinen Griff nicht.

„Keinen Mann?", fragte er. Seine Augen wanderten über mein tränenüberströmtes Gesicht, sah meine Narbe und mehr.

„Kein Verehrer. Ich…ich habe ihn erfunden." So viel konnte ich zugeben, aber mehr nicht.

Sein Blick wurde glühend, weicher und er streichelte wieder meine Haare. Ich vergaß zu atmen.

„Da haben wir es", erwiderte Gabe und stieß seinen angehaltenen Atem aus. „Jetzt ist es vorbei."

Vorbei. Ja. Wie ich gedacht hatte, waren sie jetzt mit mir fertig. Fertig mit einer Frau, die log. Und es auch weiterhin tat.

Daraufhin begann ich heftig zu weinen. Es *war* vorbei. Was auch immer zwischen uns gewesen war. Tucker, der mich „Schatz" nannte. Ihre Aufmerksamkeit, ihr Gerede übers Küssen, ihre Fähigkeit mehr als meine Narbe zu sehen. Alles. Sobald mich Gabe loslassen würde, wäre ich auf mich allein gestellt.

Mein Hintern brannte immer noch von Gabes Schlägen, aber das war nichts im Vergleich zu meinem gebrochenen Herzen. So sei es. Ich hatte die Wahrheit erzählt und sie wollten mich nicht. Ich schniefte einmal, zweimal und brachte meine Tränen unter Kontrolle, denn auch wenn ich mich zuvor durch das Rauslassen der Emotionen besser gefühlt hatte, so war es jetzt einfach nur verschwendet. Ich hatte mir das selbst angetan. Ich holte tief Luft und stemmte mich nach oben, da Gabe mir endlich erlaubte, mich hinzustellen. Mein Schlüpfer fiel zu Boden. Ich würde es mir nicht antun, dass sie mich dabei beobachteten, wie ich meinen Rock hochhob, um ihn an Ort und Stelle festbinden zu können. Daher trat ich ihn einfach weg, während ich den Rocksaum nach unten strich. Außer den Männern würde niemand sonst wissen, dass mein Po rot war. Es war sowieso alles nur eine Fassade. Keiner, der meine Narbe sah, würde darüber nachdenken, dass ich keinen Schlüpfer trug.

Gabes Hand lag warm auf meiner Hüfte, als er mir half, mich aufzustellen, aber dann ließ er sie in seinen Schoß fallen.

Mit einem letzten Blick zurück schenkte ich ihnen ein

kleines Lächeln, dann kehrte ich ihnen meinen Rücken zu. Ging zur Tür und öffnete sie.

„Warte, Abigail", sagte Gabe, der sich schnell vor mich stellte und um mich herum griff, um die Tür wieder zu schließen. Er starrte mich mit gerunzelter Stirn an. „Wohin gehst du?"

Ein tiefes V formte sich zwischen seinen dunklen Brauen, als ob er verwirrt wäre.

„Du hast gesagt, es sei vorbei", antwortete ich. Ich war überrascht über die Stärke in meiner Stimme. „Ich…gehe. Ich verstehe, warum ihr mich loswerden wollt. Ich bin eine Lügnerin."

„Whoa, Schatz", sagte Tucker und stellte sich neben seinen Bruder.

„Ich meinte nicht, dass *wir* vorbei sind", erwiderte Gabe. „Zur Hölle, wir stehen erst am Anfang. Du denkst doch nicht, dass ich jede Frau über mein Knie legen würde?" Er schüttelte seinen Kopf. „Nur dich."

Ich sah zwischen ihnen hin und her. „Ich verstehe nicht."

„Nach der Hochzeit neulich habe ich dir erklärt, dass wir nicht nehmen, was einem anderen gehört. Aber du schienst kein großes Interesse an ihm zu haben und da es keinen Aaron gibt, hält uns auch niemand mehr davon ab, dich für uns zu beanspruchen."

Ich war außerordentlich überrascht. Ich konnte kaum verarbeiten, was sie sagten. „Seid ihr nicht wütend, dass ich gelogen habe?"

„Ich bin sauer, dass uns jemand, der nicht einmal existiert, voneinander ferngehalten hat", knurrte Tucker.

„Aber ich habe gelogen!"

Und tat es immer noch, aber wenn sie dachten, dass mein einziges Problem die Erfindung eines Verehrers sei, wären sie sicherer.

„Versuchst du, uns wegzustoßen?", fragte Gabe. „Denn das wird nicht passieren."

Ich ließ meinen Blick auf ihre breiten Oberkörper sinken und hob dann mein Kinn. „Natürlich nicht, aber ich habe etwas Schändliches getan."

Gabe grunzte. „Ja, und wir werden uns später um deine Gründe dafür kümmern. Fürs Erste wollen wir allerdings wissen, wie du über zwei Männer denkst."

„Zwei Männer?", wiederholte ich. Direkt vor mir waren sie so groß, dass sie das Licht, das durch das einzige Fenster des Zimmers fiel, aussperrten.

„Uns. Wir haben dir erzählt, dass wir dich erobern würden. Also, wenn du ernste Einwände dagegen hast, nenn sie uns jetzt. Die Schläge waren nur der Anfang dessen, wie wir unsere Hände auf deinen Körper legen werden."

Mein Körper wurde bei seinen Worten warm.

„Zur Hölle, ich habe meine Hände nicht einmal auf ihren Körper gelegt." Tucker klang wie ein Kind, das nicht mit einem Spielzeug hatte spielen dürfen.

„Ihr? Ihr beide?", fragte ich. Ich wusste, dass sie gemeinsam eine Frau erobern würden, aber mich? Wirklich?

Tuckers Mundwinkel bog sich nach oben, während er seine Hände auf meinen Körper legte. „Wir müssen wissen, Schatz, ob du uns genauso sehr willst wie wir dich. Wir mögen dir zwar den Hintern versohlt haben, ohne dich um Erlaubnis zu fragen, aber wir werden dich nicht anfassen, außer du willst uns."

Mein Mund klappte auf, als die warme Berührung meinen Arm hinabglitt, über meine Hüfte und schließlich meinen brennenden Po umfasste. „Ihr…ihr wollt mich?" Ich konnte nicht denken, wenn seine Hände auf mir lagen.

„Ja. Schon seit langer Zeit." Tucker trat zurück und legte seine Hand auf die Vorderseite seiner Hose. Mir entging der dicke Umriss dessen, was er darunter verbarg, nicht. „Ich kann es dir erzählen, aber ich würde es dir lieber zeigen." Ein spitzbübisches Grinsen breitete sich auf seinem Gesicht aus. „Du musst es nur sagen."

„Oh", keuchte ich. Das Duo hatte mir nach der Hochzeit neulich einige weniger gentlemanhafte Dinge erzählt, aber sie waren nicht so eindeutig gewesen.

Das war eindeutig.

„Wir wollen dich, Abigail." Da berührte mich Gabe, seine Hände ersetzten Tuckers, aber seine waren ein wenig aggressiver. Sie krümmten sich um meine Taille, seine Daumen streichelten über die Unterseite meiner Brüste. „Wir möchten, dass du unsere Ehefrau wirst."

Hoffnung wallte bei Gabes Worten in meiner Brust auf. Ehefrau?

Ich schüttelte verwirrt den Kopf und legte meine Finger über die unebene Haut auf meiner Wange. Seine Berührung sagte eine Sache, aber mein Verstand – „Wie könnt ihr? Ich bin…ich habe eine – "

Gabes Hände erstarrten. „Wenn du diesen Satz über deine Narbe beendest, wirst du wieder auf meinem Schoß landen und ich werde mich nicht zurückhalten."

Er hatte sich zuvor zurückgehalten? Bei dem Gedanken spannte ich die Muskeln meines wunden Pos an.

„Aber – "

Ich versuchte es wieder, aber Gabe ließ es nicht zu.

„Ist das der Grund, warum du einen Verehrer erfunden hast?"

Ich hatte diese Möglichkeit gar nicht in Erwägung gezogen, aber sie klang plausibel. Es *würde* Sinn ergeben, da ich mir solche Sorgen über ihre Gedanken bezüglich meine Narbe machte. Ich fühlte mich unwohl mit der Narbe und dass Leute sie sahen. Ich war wegen ihr unzählige Male verspottet und verhöhnt worden, der letzte dieser Leute war Mr. Grimsby gewesen. Es wäre eine perfekte Ausrede und ich würde Gabe oder Tucker nicht von Tennessee erzählen müssen.

Also nickte ich. Und log sie an. Wieder.

„Vertraust du uns, Abigail?" Gabe verschränkte seine Arme vor der Brust. Ich fühlte mich kalt und einsam ohne seine Berührung. Ohne ihre beiden Hände auf mir.

„Du hast mir den Hintern versohlt und gedroht, es wieder zu tun", entgegnete ich, während ich die pochende Hitze meines Pos spürte

Gabe trat näher zu mir, sodass ich einen Schritt zurücktrat, direkt gegen die Tür. Er legte seinen Unterarm neben meinen Kopf und beugte sich vor, sodass sein Mund über mein Ohr strich. Sein warmer Atem ließ mich erschaudern. „Und du brauchtest es", murmelte er. „Du musstest deine Probleme gehen lassen und sie deinen Männern geben."

Meinen Männern?

KAPITEL 8

KAPITEL SIEBEN

ABIGAIL

„Ja, es war notwendig für mich, euch zu erzählen, dass ich den Verehrer erfunden habe", stimmte ich bereitwillig zu. Das war es gewesen. Es hatte mich gequält. „Aber ich habe es nicht gebraucht, dass mir der Hintern versohlt wurde."

„Ja, das hast du", widersprach Gabe. „Wir haben dir genug Gelegenheiten gegeben, um uns dein Geheimnis zu verraten. Du hast uns förmlich dazu angestachelt."

Hatte ich das? Ich hatte nicht darum gebeten, aber ich hatte ihnen auch keine große Wahl gelassen, da ich sie auf Abstand und die Charade aufrecht gehalten hatte. Ich hatte es gebraucht, dass sie mich dazu *brachten*, es ihnen zu erzählen, aber unglücklicherweise hatte ich noch immer nicht alles offenbart, weshalb es weiterhin in mir gärte.

„Du hast uns die Wahrheit erzählt und jetzt fühlst du dich besser, oder nicht?", fragte Gabe.

Ich atmete seinen männlichen Duft ein und konnte lediglich meinen Kopf zur Seite neigen, während er mit seiner Nase über meinen Hals rieb.

Tat ich das? Fühlte ich mich besser, nachdem ich ihnen die Wahrheit erzählt hatte und weil sie mir eine Möglichkeit geboten hatten, es rauszulassen? Nein, ich fühlte mich nicht zu hundert Prozent besser, weil sie nur einen Teil der Wahrheit erhalten hatten. Wenn ich ihnen alles erzählen, wenn ich ihnen all meine Probleme darlegen würde, würde ich mich dann wahrhaftig besser fühlen?

Vielleicht, aber dann würde ich mir um ihre Sicherheit Sorgen machen. Ich hatte gerade erst herausgefunden, dass sie mich wollten. Ich konnte das nicht ruinieren. Für gar nichts. Es gab keine gute Antwort. Bis ich mich aus Mr. Grimsbys Griff befreit hatte, würde ich mich schuldig fühlen und nervös sein.

Gabe war so beharrlich gewesen, als er mir den Hintern versohlt hatte und das nicht aus Wut. Er hatte mich nicht bestraft. Nun, vielleicht ein bisschen. Aber es war etwas ganz anderes, etwas, das ich nicht so richtig verstand.

Bei jedem Atemzug berührten die Spitzen meiner Brüste seinen Oberkörper und ich konnte spüren, wie sich meine Nippel zu harten Perlen zusammenzogen. Ich nickte, bevor ich mehr darüber nachdachte. Ich fühlte mich besser.

„Vertrau uns, wenn wir dir sagen, dass wir dich wollen. Du hast gesehen, wie hart Tucker ist." Gabe schob mir seine Hüften entgegen, drückte seine eigene harte Länge gegen meinen Bauch. „Wie hart ich bin."

„Er ist hart, seit ich dich auf dem Picknick gesehen habe", gestand Tucker von der anderen Seite des Raumes.

„Was mich betrifft, wenn du unseren Worten nicht glaubst, wie wäre es dann damit?"

Gabe ergriff mein Kinn und bevor ich mich auch nur fragen konnte, was er vorhatte, lag sein Mund auf meinem. Er küsste mich! Seine Lippen waren weich, dennoch unnachgiebig. Als ich wegen dieser neuen Erfahrung aufkeuchte, glitt seine Zunge über meine Unterlippe und dann in meinen Mund. Sein Bart war weich, aber auch ein bisschen kitzlig. Kratzig.

Meine Hände hoben sich und packten sein Hemd, hielten ihn fest, denn täte ich das nicht, würde ich sicherlich davon schweben, obwohl er sich so dicht an mich presste. Mein Kiefer umfassend neigte er meinen Kopf, um den Kuss zu vertiefen und ich schmolz dahin. Ich gab mich dem Kuss hin, seiner Berührung, seiner Kontrolle. Es war mein erster Kuss und ich fragte mich, ob ich es richtig machte. Nach dem kleinen Knurren zu schließen, das sich seiner Kehle entrang, ging ich von einem Ja aus. Meine Schultern sanken, mein Körper erschlaffte förmlich, während ich mich von ihm halten ließ.

Ich hatte keine Ahnung, wie lange wir uns küssten, bevor er seinen Kopf hob und auf mich hinab lächelte. „So süß."

„Sie hat sich dir gerade hingegeben", informierte Tucker seinen Bruder, die Stimme voller Bewunderung. „Ihre Unterwerfung ist wunderschön."

Ich runzelte meine Stirn bei seiner Aussage, aber mein Gehirn war zu vernebelt, um auch nur zu versuchen, es zu verstehen. Nur wegen einer Berührung hatte ich mich ihnen hingegeben.

Aber als sein Daumen über die unebene Haut meiner Narbe streichelte, versteifte ich mich, jeder Muskel in meinem Körper spannte sich an. Jegliche Lust, jegliche Hitze des Kusses erstarb augenblicklich, als wäre ein Eimer kaltes Wasser über ein Lagerfeuer geschüttet worden. Ich versuchte, mein Gesicht wegzuziehen, aber Gabes Griff war unnachgiebig.

„Diese Narbe ist ein Problem", stellte er trocken fest und sah mir in die Augen.

Meine Emotionen waren so durcheinander, so offengelegt, dass meine Tränen überquollen. Ja, sie war ein Problem. Das war sie seit der Nacht des Feuers, in der meine Eltern getötet worden waren und ich James gerettet hatte, der in seinem Zimmer von einem umgefallenen Stützbalken eingeschlossen worden war.

Ich hatte nicht gehört, dass sich Tucker bewegt hatte, aber als Gabe beiseitetrat, war er sofort da, um seinen Platz einzunehmen. Ich spürte jeden harten Zentimeter von ihm, die Wärme seines Körpers ging auf mich über. Seine Hand hob sich und seine Finger streichelten über die unebene Haut. „Es ist nur ein Mal, Schatz. Ein Mal, das zeigt, wie mutig du bist."

Mutig? Ich wollte lachen. Ich hatte noch nie zuvor jemanden gekannt, der meine Narbe in Verbindung mit *mutig* gebracht hatte. „Sie...sie ist hässlich."

Er sah aus, als ob er darüber nachdenken würde, während er zurücktrat und einen seiner Ärmel hochrollte. Obwohl das Zimmer warm war, zitterte ich ohne seine Körperwärme. „Siehst du das?"

Eine gezackte Narbe, eine Mischung aus silbrigem Weiß und Rosa beschädigter Haut, bedeckte die Rückseite seines Unterarmes.

„Die stammt von einem Stacheldraht."

Ich konnte mir die Schmerzen, die er hatte ertragen müssen, nur ausmalen.

„Du hast Glück gehabt, dass du von der Infektion nicht gestorben bist."

Gabe grunzte wieder. „Das ist er fast."

„Also, bin ich hässlich, Schatz?", fragte Tucker.

„Was? Nein!", keuchte ich. „Natürlich nicht."

Er hob eine helle Braue. „Und warum ist das so?"

„Weil es nur eine Narbe ist."

Keiner der Männer sagte etwas, sondern sie ließen meine Worte wirken.

Es ist nur eine Narbe.

Ich biss auf meine Lippe, dann seufzte ich.

„Ja, es ist nur eine Narbe", stimmte ich zu. „Aber die Worte der Leute tun trotzdem weh."

Tucker umfasste mein Kiefer genau wie es Gabe getan hatte, streichelte mit seinem Daumen über meine Wange. Seine andere Hand wanderte wieder über meinen Körper und ich schmolz förmlich dahin. Wie machten sie das nur mit mir?

„Das stimmt. Wir werden daran arbeiten. Später. Jetzt will ich dich küssen."

Seine Augen hielten meine, als ob er darauf wartete, dass ich Einwände erheben würde. Ich hegte keine Absichten, das zu tun, da ich ihn auch küssen wollte. So sehr.

Er war nicht wie Gabe. Sein Kuss, wenn auch sanft, war viel intensiver, machtvoller. Ich konnte das Verlangen, die Kraft in dem Kuss spüren. Es stand außer Frage, dass er den Kuss kontrollierte, mich kontrollierte. Seine Hände waren forscher, wanden sich um meinen Körper und umfassten meinen Hintern, zogen mich direkt an die harte, dicke Linie seiner Männlichkeit. Ich wimmerte in den Kuss und spürte, wie meine Mitte warm und feucht wurde. Für sie bereit wurde. Mein Mund, mein Geist, mein Körper waren alle Tucker ausgeliefert.

Er löste sich von mir und trat zurück. Seine Lippen glänzten von dem Kuss, seine Augen waren halb geschlossen, sein Kiefer angespannt. Er atmete so schwer wie ich.

„Willst du mehr, Schatz? Willst du, dass ich deine nackte Haut berühre? Deine Brüste umfasse? Ich wette deine Pussy ist schön feucht für uns, nicht wahr?"

Ich zögerte nicht, bei seinen sehr verdorbenen Worten zu

nicken. Ich wollte all das, über das ich allein in meinem Bett nachgedacht hatte und dann noch mehr. Allein ihre Küsse fühlten sich besser an als alles, was ich jemals mit meinen Fingern zwischen meinen Schenkeln getan hatte.

Tucker stöhnte. „Ein schüchternes, verdorbenes Mädel?"

Ich errötete, aber konnte es nicht leugnen.

„Dann müssen wir dich zu der Unseren machen. Wir mögen dich zwar in mein Schlafzimmer gebracht haben, aber wir werden dich nicht entehren, indem wir all die Dinge tun, die wir gerne tun würden. Noch nicht. Heirate uns."

Freude und Eifer pulsierten durch meine Venen, brachten mich zum Zittern.

„Euch heiraten?", wiederholte ich.

Ich sprang praktisch in Tuckers Arme, als er nickte. Ausnahmsweise, Gott, nur einmal tat ich genau das, was ich fühlte anstatt dem, was richtig war. Die Männer hatten *mich* geküsst, aber ich wollte Tucker festhalten und nie wieder gehen lassen.

Seine Arme schlangen sich um mich und drückten mich an sich. Ich konnte jeden harten Zentimeter seines Körpers spüren, seinen Herzschlag fühlen. Meinen Kopf drehend, sah ich zu ihm hoch, sah die Freude in seinen blauen Augen. „Einfach so?"

Gabe stellte sich wieder neben Tucker. Es schien, dass sie mich gerne überragten. „Einfach so?", wiederholte er. „Zur Hölle, Frau, wir wollen dich bereits seit so langer Zeit, vielleicht sogar bevor es richtig war. Wir haben jedoch gewartet und dich auf die Schule gehen lassen. Aber jetzt bist du zurück und wir sind fertig damit, geduldig zu sein. Bridgewater Männer nehmen sich, was sie wollen und sie geben ihren Frauen, was sie brauchen. Da uns nichts mehr im Weg steht, sind wir bereit. Die Frage ist, willst du uns?"

„Uns beide?", fügte Tucker hinzu und streichelte meine Haare zurück.

Was sie sagten, war wie ein wahrgewordener Traum. Ja! Ja, ich wollte sie.

„Ja, natürlich will ich euch. Ich...ich will euch auch schon seit so langer Zeit."

Beide Männer seufzten laut und ich sah, wie sich ihre Schultern entspannten.

„Das tust du?", fragte Tucker.

Ich hatte nie auch nur gewusst, dass sie mich wirklich wollten, aber jetzt war es ziemlich offensichtlich. Sie waren so stark, so kräftig und dennoch hatte ich Macht über sie. Ich hatte vergessen, dass sie ebenfalls Schwächen hatten. Gefühle.

„Ich dachte, es wäre nur eine mädchenhafte Schwärmerei, aber...sie ging nie weg", gestand ich. „Selbst nachdem ich auf der Schule war, kam sie stärker denn je zurück, als ich euch wieder sah."

„Wir werden dich beschützen, Schatz. Uns um all deine Bedürfnisse kümmern. Du hast gesehen, wie sehr wir dich wollen", sagte Tucker. „Bis unser Ring auf deinem Finger steckt, werde ich nicht mehr tun. Heirate uns."

Das war das zweite Mal, dass er das sagte und es war immer noch keine Frage, sondern ein Befehl. Das war nicht wichtig. Ich wollte es. Sie. So, so sehr.

Ich nickte. „Ja."

Tucker trat von der Tür zurück, zog mich mit sich und erlaubte Gabe, sie zu öffnen. Tucker nahm meine Hand in seine und bevor ich wusste, wie mir geschah, wurde ich die Treppe hinunter und hinaus in den Sonnenschein befördert. Ohne meinen Schlüpfer. Darüber mussten wir uns noch unterhalten, aber ich hatte eine Ahnung, dass ich meinen Willen nicht bekommen würde.

KAPITEL 9

KAPITEL ACHT

GABE

Ich hatte nicht groß darüber nachgedacht, dass Robert die Rolle eines Friedensrichters angenommen hatte. Bis jetzt. Jetzt lenkten wir unsere Pferde über das Land von Bridgewater, damit er uns mit Abigail verheiraten konnte. Wir würden sie nicht für eine kirchliche Hochzeit in die Stadt bringen. Wir wollten keine Minute verschwenden, bevor wir sie zu der Unseren machten und wir wollten ganz sicher nicht, dass sie ihre Meinung änderte. Aufgrund dessen, wie sie in Tuckers Arme gesprungen war, glaubte ich, dass sie keine kalten Füße bekommen würde, aber ich würde das gar nicht erst zulassen.

Abigail dabei zu beobachten, wie sie auf die Schläge auf ihren Hintern reagiert hatte, war…unglaublich gewesen. Ich hatte gewusst, dass es ihr nicht gefallen würde, dass sie kämpfen und sich winden würde, um meiner fallenden Hand zu entkommen, aber sie hatte uns keine andere Wahl gelassen. Auch wenn sie uns mit der Wahrheit über ihren Mann aus Butte verblüfft hatte, hatte sie sich geweigert, das Thema zu vertiefen, selbst nach einer strengen Warnung. Sie hatte es gebraucht, dass sie übers Knie gelegt wurde, dass wir sie dazu gebracht hatten, es uns zu erzählen. Sie hatte sich uns unterwerfen *wollen*, hatte einen Grund haben wollen, damit sie endlich die Wahrheit erzählen konnte.

Und als sie das tat, als sie sich meinem Griff, meinen Befehlen hingegeben hatte, war es wunderschön gewesen. Nicht ihre Tränen, denn diese waren schwer zu ertragen gewesen, aber die Freigabe der angestauten Emotionen, der Bürde, war unglaublich. Sie hatte uns die Wahrheit gegeben, hatte uns das Gewicht ihrer Lüge übertragen. Und das alles nur wegen ihrer Narbe.

Aber jetzt, jetzt würden wir sie zu der Unseren machen. Dass wir ihre Ehemänner wurden, würde ihr vielleicht ein für alle Mal beweisen, dass das Mal nicht wichtig war. Wir wollten sie trotzdem zur Frau haben.

Andrew kam an die Tür und wir stellten ihm Abigail vor. Ein Grinsen breitete sich auf seinem Gesicht aus, als er erfuhr, warum wir hier waren. Wir folgten ihm in die Stube, wo sich Robert, Ann und Christopher aufhielten. Robert lag neben seinem Sohn auf dem Boden und spielte mit einer Holzeisenbahn.

Er stand auf, als er Abigail sah.

Christopher sah Tucker, rannte zu ihm und schlang seine winzigen Arme um eines seiner Beine. Er hob den Jungen hoch und warf ihn in die Luft. Einmal, dann noch einmal.

„Abigail, du kennst Ann, allerdings glaube ich, dass du ihre Ehemänner, Andrew und Robert, noch nicht kennengelernt hast." Ich übernahm die Vorstellungsrunde, während Tucker den Jungen beschäftigte.

Sie nickte den zwei großen Männern zu und ich sah, dass sie ihr Gesicht leicht zur Seite drehte. Ihre Gedanken waren mit dem Grund unseres unangekündigten Besuches beschäftigt, weshalb ich davon ausging, dass sie die Bewegung unbewusst gemacht hatte. Ich freute mich darauf, ihr diese Angewohnheit abzugewöhnen.

„Ich bin so froh, dass du hier bist." Ann sah mit einem breiten Lächeln im Gesicht zu mir, dann zu Tucker und nahm Abigails Hände in ihre. „Diese beiden waren sehr begierig, dich zwischen ihnen zu haben."

Ich sah, wie Abigail errötete und Tucker seine Augen verdrehte, während er Christopher an seinen Fußknöcheln kopfüber nach unten baumeln ließ. Die Art, wie wir sie zwischen uns haben wollten, war zwischen uns im Bett. Nackt. Allein. Während unsere Schwänze ihre Pussy und Hintern füllten. Mein Schwanz drückte bei dem Gedanken gegen meine Hose. Bald. Sehr bald.

„Vergebt meiner Frau", sagte Robert und schlang einen Arm um Anns Taille. „Sie hätte es gerne, wenn jeder glücklich verheiratet wäre."

„Deswegen sind wir hier", erwiderte Tucker, drehte den Jungen wieder um und reichte ihn Andrew. Da seine Hände nun frei waren, ergriff er Abigails. „Es ist an der Zeit, dass wir Abigail zu der Unseren machen."

Andrew schlug Tucker auf den Rücken und zerzauste Christophers Haare. Der Junge war blond wie Ann, aber genauso frech wie alle kleinen Jungen, was sein durchtriebenes Grinsen bewies.

„Wollt ihr nicht bis zum Abendessen warten, damit alle dabei sein können?", fragte Robert.

Ich blickte zu Tucker.

„Nein", antworteten wir zusammen.

Ann versuchte, ihr Lächeln zu verbergen, aber es schien unmöglich zu sein.

„Wir warten keine Minute länger", fügte ich hinzu.

Ich neigte Abigails Kinn nach oben, damit ich in ihre dunklen Augen blicken konnte. „Robert ist Friedensrichter und wird die Zeremonie durchführen. Du wirst nach dem Recht Tucker heiraten, aber zweifle nicht daran, Schatz, dass du auch zu mir gehörst."

Sie nickte leicht, dann leckte sie über ihre Lippen. Ich unterdrückte das Stöhnen, das diese kleine Geste in mir auslöste.

„Jetzt, Robert", knurrte ich schon förmlich. „Und die kurze Version."

Er lächelte, was seine Gesichtszüge weich werden ließ. „Na schön."

Ich nahm Abigails andere Hand, sodass wir drei miteinander verbunden waren. Sie sah zuerst zu mir, dann zu Tucker, bevor sie zu Robert sah. Sie war bereit. Ohne Zweifel.

„Willst du, Tucker Landry, Abigail Carr zu…"

* * *

ABIGAIL

Ich war verheiratet. *Ich war verheiratet!* Die gesamte Zeit, in der Robert sprach und das war nicht lang, dachte ich an Mr. Grimsby. Er hätte nicht meine Gedanken einnehmen sollen, während ich meine zwei Traummänner heiratete, aber ich konnte nicht anders. Ich hatte nur noch drei Tage, um nach Butte zu gehen, ihm die Brosche meiner Mutter zu geben und Tennessee zu retten. Dann und nur dann, wäre ich endlich frei, um wahrhaftig Tucker und Gabes Ehefrau zu sein. Nichts stünde mehr zwischen uns. Aber würden sie mich aus ihren Augen lassen? Sie waren ziemlich besitzergreifend und extrem aufmerksam.

Als wir zu ihrem Haus zurückkehrten und sie mich zurück in Gabes Schlafzimmer führten, verblassten alle Gedanken an Mr. Grimsby. Ich hatte noch drei Tage, aber gerade jetzt gehörten die beiden mir. Endlich.

„Hast du zuvor schon mal einen Mann geküsst, Schatz?", wollte Tucker wissen. „Vor heute?"

Ich sah zu den zwei gutaussehenden Männern auf und schüttelte den Kopf. „Nur…nur euch."

Tucker antwortete mit einem männlichen Grunzen.

„Du weißt, dass wir dir nicht wehtun werden?", fragte Gabe, während er mit seiner großen Hand über meine Haare streichelte.

Ich lehnte meinen Kopf in seine Berührung und nickte.

„Hast du Angst?"

„Vor dem, was passieren wird? Nein."

Tucker grinste, während sich Gabes Augen überrascht weiteten.

„Du hast keine Angst?", bohrte Gabe nach.

Ich schüttelte den Kopf.

„Warum ist das so, Schatz?", erkundigte sich Tucker.

„Weil…", ich befeuchtete meine trockenen Lippen, „weil ich das will. Euch."

Tuckers Daumen bewegte sich zu meiner Unterlippe und glitt vor und zurück. „Hast du über uns auf diese Weise nachgedacht? Dass wir dich küssen? Dich berühren?"

Ich spürte, dass meine Wangen heiß wurden und die Wahrheit verrieten. „Ich kann darüber nicht lügen", entgegnete ich, obwohl ich andere Dinge deswegen unternehmen könnte. „Ich will es auch nicht tun. Ich denke… ich denke mein Körper würde mich verraten."

Gabe trat näher, wanderte mit seiner Hand meinen Hals

hinab, über meine Schulter und zu meiner Taille. Seine Hand war so groß, dass sein Daumen die Unterseite meines Busens berührte. „Ja, wir können sehen, dass deine Nippel hart sind, sogar durch deine Bluse."

„Ich…ich kann nicht anders." Gabes Daumen glitt vor und zurück, dann höher, umkreiste die gesamte Rundung. Als er über meinen Nippel strich, keuchte ich: „Mehr."

„Mehr?", wiederholte Gabe und sein Mundwinkel bog sich nach oben.

„Ich will eure Hände auf mir", hauchte ich. „Ohne meine Kleider."

„Ja. Ma'am", antwortete Tucker, während er bereitwillig die Knöpfe meiner Bluse öffnete. Ich hob mein Kinn, sodass er sie besser erreichen konnte.

Während Tucker arbeitete, sah ich durch meine Wimpern zu ihm hoch. „Kann ich dich berühren?"

„Schatz, das musst du nie fragen."

Als ich meine Hand auf seine Brust legte, erstarrten seine Finger kurz und sein Blick begegnete meinem. Hielt ihn. Seine hellen Augen erhitzten sich, bevor er mir die Bluse noch schneller auszog. Unter meinen Fingerspitzen war sein Körper sehr warm und dennoch steinhart. Es war, als ob er aus einem Stück Marmor gemeißelt worden wäre.

Meine Arme fielen zu meinen Seiten, als Tucker die wenigen Knöpfe meines Rockes öffnete und ihn dann über meine Hüften und zu Boden schob. Ich hörte nicht einmal ihren Atem, als sie mich nur in meinem Unterkleid, Kniestrümpfen und Stiefeln betrachteten. Tuckers Finger hakten sich in den Saum des Unterkleids und er schob es einige Zentimeter meinen Schenkel hinauf.

„Schatz, mir gefällt, dass du kein Höschen trägst."

Ich wusste nicht, was ich sagen sollte. Wenn er seine Finger nur ein Stückchen höher bewegte, würden sie meine intimste Stelle sehen. Ich wollte, dass sie das taten und es war verlockend. Für mich und für sie wahrscheinlich auch. Die Vorfreude ließ meine Haut warm werden, brachte meinen Puls zum Rasen.

Gabe ergriff die andere Seite meines Unterkleides und hob sie ein wenig an, wobei ihre Fingerknöchel über meine nackte Haut glitten. „Und dein Korsett?", fragte er.

„Ich trage keines. Meine Oberweite ist nicht…groß genug, um eines zu brauchen."

Beide Männer verharrten reglos und ich sah zu ihnen hoch aus Sorge, dass es sie stören würde, dass sich ihre Frau dazu entschieden hatte, keine Unterwäsche zu tragen. „Ich versichere euch, ich bin immer sittsam", entgegnete ich in der Hoffnung, jegliche Bedenken, die sie haben könnten, zu zerstreuen.

Mit geschickten Fingern schoben sie das dünne Unterkleid unglaublich langsam nach oben, sodass mein nackter Körper nach und nach entblößt wurde. Ich wusste, sie konnten die dunklen Haare zwischen meinen Schenkeln sehen, meinen weichen Bauch, meine kleinen Brüste. Als die Zeit kam, hob ich meine Arme über den Kopf und sie warfen das Kleidungsstück zu Boden. Jetzt stand ich nur noch in meinen Stiefeln und Strümpfen vor ihnen.

„Bei uns wirst du nicht sittsam sein", erwiderte Tucker, während sein Blick über jeden Zentimeter meines Körpers wanderte.

Meine Nippel zogen sich unter seinem prüfenden Blick und in der kühlen Luft zusammen. Ich war mir nicht sicher, wie mir so kalt sein und mein Körper gleichzeitig so warm sein konnte. Er kniete vor mir und ließ seine Augen über meinen Körper gleiten, wobei er stoppte, um meine Pussy anzustarren. Ich wusste, dass man sie so nannte – eines der Mädchen aus der Schule hatte erzählt, dass ihr Verehrer den Begriff für die Stelle zwischen ihren Beinen verwendet hatte. Tucker hatte ihn vorhin ebenfalls benutzt. Er atmete tief ein und ein Stöhnen entwich ihm, während er an den Schnürsenkeln meiner Stiefel zupfte und sie mir beide auszog. Meine Hände legten sich auf seine Schultern, damit ich das Gleichgewicht wahren konnte.

„Sie ist feucht", murmelte Tucker, dessen Augenmerk nicht auf dem lag, was er tat, sondern auf meiner Pussy. „Und ihre Erregung riecht so süß."

„Ich frage mich, wie sie schmecken wird", erwiderte Gabe.

Ich sah verwirrt zu ihm hoch. Schmecken? Ich wusste, dass ich feucht war, aber schmecken?

Als Tucker fertig war, ließ er mir die Strümpfe und stand nicht auf.

„Ich werde es herausfinden." Tucker küsste meinen Schenkel und arbeitete sich langsam nach oben zu der Stelle, wo ich mit meiner Erregung benetzt war. Seine Zunge kam heraus, leckte darüber.

Ich keuchte wegen dieses verruchten Aktes auf. Seine Zunge erhitzte meine Haut und hinterließ eine Feuerspur.

„Süß", stellte er fest und leckte noch ein wenig mehr. Er kam nah an meine Pussy heran, aber berührte mich dort nicht. Er grinste mich mit glänzenden Lippen an. „Was brauchst du Schatz?"

Mir wurde bewusst, dass sich meine Finger in seine Schultern gegraben hatten und ich meine Hüften nach vorne zu Tuckers Gesicht neigte.

„Ist sie nicht dreist?", fragte Gabe, der sich hinter mich stellte. Seine großen Hände schlangen sich um meinen Körper und umfassten meine Brüste.

„Oh Gott. Ich brauche mehr. Bitte", bettelte ich. Die Empfindung von Gabes rauen Handflächen auf meiner zarten Haut sandte Gänsehaut über selbige.

„Ja, Ma'am", sagte Tucker. Er schien das gern zu sagen, wenn er begierig war, mich zu befriedigen. Nach der Art zu schließen, wie seine Zunge mein geschwollenes Fleisch bearbeitete, war er *sehr* begierig.

Seine Zunge war heiß und talentiert und umkreiste meine kleine Lustperle. Es war so unglaublich anders, als wenn ich mich selbst berührte, da Tucker zu wissen schien, wie er mit der Zunge schnalzen, wie hart er saugen musste, um mich zum Keuchen zu bringen. Er zog sich zurück, nahm eine Schamlippe in seinen Mund, dann knabberte er daran. Es war eine Mischung aus scharfen kleinen Schmerzensbissens, die von heißen Blitzen gefolgt wurden. Heiß und scharf. Wieder und wieder.

Und das waren nur Tuckers Zuwendungen. Gabe spielte mit meinen Brüsten, wog ihr Gewicht in seinen Händen, drückte sie, bevor er meine Nippel bearbeitete und an ihnen zupfte. Zuerst sanft, fügte er schon bald ein leichtes Zwicken hinzu, das er kurz darauf intensivierte.

„Sie mag ein wenig Schmerz", erzählte Gabe Tucker, während er in meinen Hals biss und anschließend mit seiner Zunge darüber leckte.

„Ja, sie ist gerade fast auf meinem Mund ausgelaufen."

„Bist du jemals zuvor gekommen?", flüsterte Gabe in mein Ohr, während er die zierliche Ohrmuschel entlangleckte.

Ich leckte über meine Lippen. „Ja", flüsterte ich.

Tuckers Mund erstarrte auf mir. „Von einem Mann?" Ich spürte, wie sein Atem über meine empfindsame Haut strich.

Ich schüttelte den Kopf und lehnte mich zurück gegen Gabes Schulter.

Tucker grunzte zur Antwort und ließ einen Finger nach oben und in meine jungfräuliche Öffnung gleiten. Ich ging auf meine Zehenspitzen, was nur dafür sorgte, dass meine Nippel zwischen Gabes Fingern noch härter wurden.

„Du wirst für uns kommen, Schatz. Wir wollen dein Vergnügen sehen. Danach werden wir dich ficken."

Tucker entfernte seinen Mund von mir, um sprechen zu

können und ich wimmerte. Er leckte meinen Innenschenkel hoch, während seine Finger fortfuhren, sich zu krümmen und sich rein und raus zu bewegen. Die Dehnung und das leichte Brennen des einzelnen Fingers weckte die Frage in mir, ob ich sie tatsächlich in mir aufnehmen konnte. Nachdem ich vorhin die dicke Beule in Tuckers Hose gesehen hatte, musste ich den Akt jetzt in Frage stellen.

„Sie ist so eng", verkündete Tucker.

Gabes Hüften pressten sich gegen meinen unteren Rücken und ich spürte den harten Umriss seines Schwanzes. Nein, er würde nicht passen. Mit Sicherheit nicht.

„Bitte", flehte ich wieder.

Sie würden wissen, was zu tun war, wenn es nicht funktionierte. Es fühlte sich zu gut an, um mir deswegen weiterhin den Kopf zu zerbrechen. Ich war so nah, so verloren in ihren Händen und Mund. Meine Haut war feucht von Schweiß. Mein Atem kam nur noch stoßweise. Ich konnte mich nicht bewegen, da ich von Gabes Händen und Tuckers Fingern in mir festgehalten wurde.

„Dein Kitzler ist ganz hart. Das Häubchen ist zurückgezogen." Er schnalzte mit der Zunge dagegen und ich wand mich in Gabes Griff. „So empfindlich. Es ist an der Zeit zu kommen, Schatz."

Ja, bitte.

Tuckers Zunge umkreiste meinen Kitzler, wieder und wieder, trieb mich immer höher und höher. Gabes Finger zwickten meine Nippel nur ganz leicht, aber als Tucker an meinem Kitzler saugte, seine Zunge fortwährend darum kreiste, zwickte Gabe fester.

Ich fiel auseinander, schrie auf, mein Körper zitterte und bebte in ihrem Griff. Das Vergnügen war so intensiv, dass es sich anfühlte, als würde mir mein Körper nicht mehr gehören. Ich schwebte, flog. Segelte.

Gabe gab meine Nippel frei, aber umfasste weiterhin

meine Brüste, hielt sie sanft in seinen Händen. Tucker leckte über mein geschwollenes Fleisch, aber war genauso zärtlich und erlaubte mir, von meinem Hoch runter zu kommen.

„Oh meine Güte", hauchte ich. „Es war nie so, wenn ich es selbst getan habe."

„Du hast dich selbst zum Höhepunkt gebracht?", fragte Tucker mit tiefer und dunkler Stimme. Heiser.

„So wunderschön", murmelte Gabe. „Du kommst so leicht, bist so reaktionsfreudig. Für uns."

Tucker setzte sich zurück auf seine Fersen und nutzte seinen Handrücken, um sich über den Mund zu wischen. Selbst durch halbgeschlossene Augen hielt ich seinen hellen Blick und schwieg.

„Erzähl uns, Schatz. Hast du dich selbst befriedigt?"

Gabes Hände glitten meinen Körper hinab, um meine Taille zu umfassen.

„Ja." Ich konnte nicht lügen. Wollte nicht lügen. Nicht darüber. Sie schienen nicht aufgebracht, dass ich das getan hatte. Bezeichneten mich als nichts außer dreist. Das gefiel mir, vor allem da sie die Einzigen waren, die so etwas über mich wussten.

„Wie?", wollte Gabe wissen. Eine seiner Hände rutschte nach unten über meine Locken und legte sich über meine Pussy. „Berührst du dich selbst hier?" Seine andere Hand glitt nach unten über meinen Hintern und noch tiefer zu dem verbotenen Ort. Er tippte einmal, zweimal gegen das unerprobte Loch. „Hier?"

Ich keuchte. Tucker beobachtete mich aufmerksam, sein Kiefer war angespannt. Ich konnte meine Erregung nach wie vor auf seinem Kinn glänzen sehen.

„Ja...und nein."

„Zeig es uns", verlangte Tucker.

Bevor ich antworten konnte, hob mich Gabe in seine Arme und legte mich in die Mitte des Bettes. Tucker erhob sich und umklammerte das eiserne Fußende des Bettes, während er zuschaute. Mit seinem Kinn deutete er auf mich und wiederholte: „Zeig es uns."

Ich warf einen Blick auf beide. Sie waren vollständig bekleidet, während ich vollständig nackt und entblößt war. Es war ein fantastisches, wagemutiges Gefühl. Sie hatten mich geschickt zum Höhepunkt gebracht. Über das hier hatte ich seit dem Picknick nachgedacht. Waren erst so wenige Tage seit meiner Rückkehr und unserem Wiedersehen vergangen? Ich hatte gewollt, dass sie mich auf die Weise berührten, wie sie es getan hatten, dass sie mich ansahen, wie sie es jetzt taten. Glühende Blicke, harte Kiefer, angespannte Muskeln, als ob sie versuchten, nicht sofort über mich herzufallen.

„Sei ein gutes Mädchen und zeig es uns, Schatz", forderte mich Tucker auf.

„Und was passiert, wenn ich es nicht tue?" Sie konnten mein freches Lächeln sehen.

Gabe deutete mit dem Finger auf mich. „Dein Arsch wird schön rot und dein Poloch mit einem Plug gefüllt werden. Dann wirst du deine Beine spreizen und uns zeigen, wie du dich selbst zum Höhepunkt bringst."

KAPITEL 10

KAPITEL NEUN

ABIGAIL

Er zuckte mit den Achseln und sah zu seinem Bruder. „Vielleicht sollten wir es einfach jetzt tun."

Tucker nickte einmal. „Ich stimme zu."

Ich setzte mich überrascht auf. „Was? Ich habe nur gescherzt!"

Tucker lief um das Bett und drückte mich auf meinen Rücken. Ich federte auf den weichen Decken auf und ab. Bevor ich mehr tun konnte als keuchen, packte er meine Hüften und drehte mich auf meinen Bauch. Ein weiteres Paar Hände hob meine Taille hoch und zog mich auf meine Hände und Knie.

„Was machst du – "

„Pack das Kopfbrett, Schatz." Tucker küsste meine

Schulter, während ich mich erhob und das kalte Eisen ergriff. Meinen Kopf drehend, sah ich ihm in die Augen. Ich entdeckte Freude und Humor in ihnen. „Vertrau uns. Du wirst das lieben."

Ich war mir da nicht so sicher, aber bis jetzt hatten sie nichts getan, das mich an ihnen hätte zweifeln lassen.

„Ich will nicht, dass mir noch einmal der Hintern versohlt wird", erklärte ich.

Tucker schlug mir ein weiteres Mal und sehr leicht auf den Po. Meine Hüften zuckten mehr aus Überraschung als aus Schmerz. Es hatte kein bisschen wehgetan, nur meinen Hintern zum Kribbeln gebracht. Die Stellen, die Gabe zuvor versohlt hatte, waren empfindlich und wurden schnell heiß. Der Schmerz verwandelte sich und verteilte sich in meinem ganzen Körper.

Tucker fuhr fort sanfte Schläge auf meinen Po regnen zu lassen und ich ertappte mich dabei, wie ich ihm meinen Hintern sogar entgegenstreckte. Das war keine Bestrafung. Es fühlte sich nicht so an, vor allem nicht als er sich zu mir beugte und dabei meinen Hals entlang küsste. Als ich mich drehte, um ihn zu beobachten, hob er seinen Kopf und küsste meinen Mund. Seine Hand verharrte regungslos, während sie die erhitzte Haut meines Hinterns umfasste. Seine Zunge tauchte in meinen Mund und ich konnte mich selbst schmecken. Süß und moschusartig. Der Kuss dauerte an und an, Tuckers Lippen erkundeten jede Kurve, jeden Millimeter meines Mundes. Erst als ich eine zweite Hand auf meinem Po spürte, keuchte ich und unterbrach den Kuss. Meinen Kopf drehend, sah ich, dass Gabe auf meiner anderen Seite kniete und ein kleines Holzobjekt hochhielt, das mit etwas Glänzendem und Glitschigem bedeckt worden war.

„Das ist ein Plug für deinen Hintern. Wir werden dich dort vögeln. Einer von uns in deiner Pussy, der andere in deinem Hintern." Gabe grinste. „Du wirst es lieben. Dieser Plug wird dich darauf vorbereiten."

„Jetzt?" Ich begann bei der Vorstellung, dass ihre extrem riesigen Schwänze dort eindringen würden, panisch zu werden. Ich bezweifelte, dass sie in meine Pussy passen würden, ganz zu schweigen von…*dort*.

„Keine Panik. Nicht heute. Nicht, bis du bereit bist."

„Gabe", sagte ich mit zögerlicher Stimme. Ich sagte nicht mehr, denn er wusste, dass ich Zweifel deswegen hatte ganz egal, was er behauptete.

„Schh", machte er beruhigend und sah nach unten. Ich spürte, wie das harte Objekt gegen mein Poloch drückte. Die Kälte ließ mich einen Satz machen, aber da von jedem Mann eine Hand auf meinem Po lag, die gemeinsam meine Pobacken auseinanderzogen, konnte ich mich nicht bewegen. Tucker drehte meinen Kopf und küsste mich wieder. Ich war froh für die angenehme Ablenkung. Mein Körper wurde unter seinen fähigen Lippen weich und Gabe öffnete sanft meinen Hintereingang. Er ließ sich Zeit und ging sehr behutsam vor, aber das Gefühl der schmalen Spitze, die in mich glitt, war seltsam. Es brannte etwas, die Empfindung war scharf und hell und äußerst intensiv.

„Das ist es, Abigail. Du bist so ein gutes Mädchen. Du nimmst ihn so mühelos auf. Ich wette, es fühlt sich seltsam an, aber auch so gut."

Da stöhnte ich in Tuckers Mund, denn es fühlte sich gut an. Warum wusste ich nicht. Es *sollte* sich *nicht* gut anfühlen. Gabe sollte nicht recht haben. Ich sollte es nicht mögen, aber anscheinend schien ich zu wollen, was auch immer diese beiden taten.

Plötzlich rutschte der Plug in mich und ich spürte, wie der breite Griff ihn an Ort und Stelle fixierte. Gabes Hand glitt zu meiner Vorderseite und zwischen meine Schenkel.

„So feucht", murmelte er und berührte zum ersten Mal meine Pussy.

Tucker hob seinen Kopf und meine Lippen fühlten sich geschwollen und kribblig an.

„Berühr dich selbst", flüsterte er, während seine Augen ganz nah vor meinen schwebten. „Greif nach unten und bring dich selbst zum Höhepunkt."

Ich ließ das Kopfbrett mit einer Hand los und griff zwischen meine Beine, wo ich Gabes Finger feucht von meiner Erregung vorfand. Sie entfernten sich und ich berührte meine heiße Haut. Ich war noch nie so feucht gewesen, so geschwollen. Meinen Mittelfinger auf die kleine Perle legend, drückte und kreiste ich, wie ich es gewöhnt war. Meine Augen schlossen sich und mein Kopf fiel nach hinten. Es fühlte sich genauso an, wie wenn ich es allein in meinem Bett gemacht hatte, aber besser. Das Gefühl meiner Finger und des Plugs in meinem Hintern machte alles so viel intensiver. Tuckers Finger, der erst vor kurzem in mir gewesen war, hatte mein jungfräuliches Loch dazu veranlasst, sich zusammenzuziehen und es sehnte sich jetzt danach, gefüllt zu werden. Es war, als ob ich geneckt werden würde, besonders als jeder Mann eine Brust umfasste und mit ihr spielte.

Ich brauchte nicht lange, um zum Höhepunkt zu kommen, da ich wusste, dass sie zuschauten. Ich bog meinen Rücken durch und schrie auf, meine inneren Wände pulsierten, während ich kam.

Keuchend ließ ich meinen Kopf zwischen meine Arme fallen.

Ich hörte, dass die Männer ihre Kleider auszogen, aber öffnete meine Augen erst, als ich spürte, wie ihr Gewicht zu beiden Seiten von mir das Bett nach unten drückte. Ich blickte zuerst zu Gabe mit seiner gebräunten Haut und dunklen Haaren. Feine Linien führten zu einem sehr großen, sehr erigierten Schwanz. Klare Flüssigkeit quoll aus der Spitze und er nutzte seinen Daumen, um sie wegzuwischen, als er den Ansatz mit seiner Hand umschloss.

„Wir hätten damit gewartet, den Plug in deinen Arsch einzuführen, aber du bist keine schüchterne Jungfrau."

Ich packte das Kopfbrett bei seinem Irrglauben fester. „Ich...ich bin unberührt", erwiderte ich, da ich unbedingt wollte, dass sie wussten, dass ich ihnen auf jede erdenkliche Weise gehörte.

Gabe grinste und streichelte mit seiner freien Hand über meine Haare. „Natürlich bist du das, aber du bist auch sehr leidenschaftlich und genießt, was wir mit dir tun."

Tucker kniete auf dem Bett und ich sah als nächstes zu ihm. Sein Körper war so groß, so breit, genauso wie sein Schwanz.

„Wir hatten Sorge, dass unser sexueller Appetit dich verängstigen würde, aber ich denke, du kannst locker mit uns mithalten. Es ist Zeit, Schatz. Ich werde dich mit dem Plug in dir ficken. Es wird so eng sein, so gut. Jeder einzelne Nerv tief in dir wird zum Leben erwachen und dich zu einem unglaublichen Höhepunkt bringen."

Ich ließ das Kopfbrett los und drehte mich zu ihm. „Ich glaube nicht, dass du passen wirst", gestand ich und machte mir Sorgen, was sie jetzt wohl tun würden.

Er ergriff meine Oberarme und küsste meine Stirn. „Du bist jetzt so schön feucht und weich, gierig nach unseren Schwänzen. Ich glaube nicht, dass du ein Jungfernhäutchen hast, Schatz. Als ich meinen Finger in dich eingeführt habe, ist er schön tief eingedrungen."

Bei seinen Worten runzelte ich die Stirn. „Aber...ich bin eine – "

Gabe drückte sich von hinten gegen mich, sein Körper war so warm an meinem. Ich befand mich zwischen ihnen. Gott, die Hitze war unglaublich. „Wir wissen, dass du

Jungfrau bist. Es erleichtert die Dinge nur für dich. Für uns alle. Es sollte dadurch beim ersten Mal nicht schmerzhaft für dich sein."

„Nur Vergnügen."

Tucker nickte, dann nahm er meine Hände in seine und legte sie zurück auf das Kopfbrett. Gabe bewegte sich und Tucker nahm seinen Platz ein, brachte seinen Körper direkt hinter meinem in Position. Eine Hand ruhte nach wie vor auf meiner, die andere führte seinen Schwanz zu meinem Eingang.

„Schön langsam, Schatz."

Seine Stimme war so sanft, so zärtlich, dass ich mich entspannte und mich dem Gefühl seiner Brust, die gegen meinen Rücken drückte, hingab. Der Fleck weicher Brusthaare kitzelte meine Haut, während die breite Spitze seines Schwanzes durch meine Spalte glitt und nach innen drang, aber nur ein Stückweit.

„Oh." Ich keuchte bei dem Gefühl, wie er mein empfindsames Gewebe teilte, mich dehnte, auf. Er war groß und es war eng, aber es fühlte sich so gut an.

Er drückte ein wenig tiefer in mich und begann mich langsam zu füllen. Rein und raus, bis ich vollständig ausgefüllt war. Sein Schwanz passte, noch dazu perfekt und bis zum Anschlag. Sie hatten recht gehabt. Da war kein Schmerz, kein Jungfernhäutchen.

Tuckers andere Hand legte sich über meine auf dem Kopfbrett, sein Körper drückte sich vollständig, von seinen Knien über seine Hüften bis hin zu seiner Brust, gegen meinen.

„Alles in Ordnung, Schatz?", fragte Tucker. Er hielt sich regungslos und wartete auf mich, während sein warmer Atem über meinen Hals strich.

Langsam entspannte ich meine Muskeln, sogar meine inneren Wände, die sich um seinen Schwanz zusammengezogen hatten. Als ob ihn das aufhalten würde. Aber ich musste mich daran gewöhnen, gefüllt zu sein. Es war eine seltsame Empfindung, aber gut. Nein, viel besser als gut. Ich atmete aus und entspannte mich und er glitt ein bisschen weiter in mich.

„Ja", hauchte ich und nickte mit dem Kopf. „Mir geht es gut."

„Schmerzen?", fragte er und küsste meine Schulter entlang. Er war so geduldig, obwohl ich wusste, dass er sich bewegen wollte. Sein Schwanz war so hart und bereit für mich gewesen. Nach dem zu schließen, wie weit ich gedehnt wurde, war er jetzt sogar noch größer.

Ich schüttelte meinen Kopf und für einen kurzen Moment drang die Realität durch meinen vernebelten Verstand. „Aber…nimmst du…nimmst du mich auf diese Weise, weil du mein Gesicht nicht sehen willst?"

Tuckers ganzer Körper erstarrte. Er war zuvor schon fast regungslos gewesen, aber jetzt atmete er nicht einmal mehr. „Ich nehme dich auf diese Weise, damit ich den Plug in dich stoßen kann." Er drückte seine Hüften nach vorne und machte genau das. Ich reagierte mit einem leisen Zischen auf diese dunkle Empfindung. „Ich mache das, damit es sich so anfühlt, als würdest du dort ebenfalls gevögelt werden. Du wirst es lieben, wenn wir dich gemeinsam nehmen, aber wir werden das nicht tun, bis du bereit bist. Ich ficke dich auch von hinten, damit ich dich überall berühren kann."

Er griff zwischen meine Beine und umkreiste sanft meinen Kitzler. „Wie das hier." Seine andere Hand umfasste meine Brust. „Und wie dies hier."

„Zwick ihren Nippel", forderte Gabe seinen Bruder auf. „Das gefällt ihr."

Tucker tat genau das und der leichte Schmerz verwandelte sich irgendwie in Lust, die direkt zwischen meine Beine schoss. Ich konnte nicht anders, als mich um ihn herum anzuspannen.

„Mmm, das stimmt. Sie tropft gerade auf mich."

Ich seufzte in seinem Griff. Es war nicht um die Narbe gegangen. Er hatte nicht einmal daran gedacht. Nur Vergnügen, wie sie es versprochen hatten. Ich fühlte mich... umzingelt und daher ergab ich mich mit einem einfachen „Ja."

Tuckers Finger glitten über meinem Kitzler vor und zurück, während er sich fast vollständig herauszog, dann wieder in mich eindrang. Er stöhnte und ich spürte die Vibration an meinem Rücken. Allein das Gefühl, ihn tief in mir zu haben, brachte mich schon fast zum Höhepunkt. Sie erregten mich so sehr, machten mich so begierig nach ihren Schwänzen, dass ich es nicht lange aushalten würde.

„Schau dir nur Gabe an, Schatz. Er beobachtet, wie du mich ganz in dir aufnimmst."

Indem ich meinen Kopf drehte, sah ich zu Gabe. Seine Augen waren fast geschlossen, seine Lippen rot, seine Wangen gerötet. Er streichelte seinen Schwanz. Wartete, bereitete sich vor.

Es war so verdorben, so verrucht, dass ich mich nicht zurückhalten konnte. Ich wollte es auch nicht. Ich drückte Tuckers Schwanz und kam. Einfach so. Meine Augen weiteten sich überrascht über den plötzlichen Ausbruch der Lust.

„Scheiße, sie ist gerade auf meinem Schwanz gekommen", knurrte Tucker, dessen Hände sich über meinen anspannten.

„Ich weiß. Und das nur, weil sie mich angesehen hat", fügte Gabe hinzu, in dessen Stimme Staunen mitschwang, während er anfing, sich etwas schneller zu streicheln.

Meine Augen waren geschlossen, da mich die knisternde Hitze dazu zwang, nach Atem zu ringen. Tucker hatte recht gehabt. Tief in mir, überall, wo mich sein Schwanz berührte, überall, wo mich der Plug dehnte, fühlte ich mich lebendig. Die Stöße kribbelten und wärmten mich und überschwemmten mich mit köstlichem Vergnügen. Wenn ich mich selbst berührt hatte, war es nie so gewesen.

„Ich kann nicht länger so ruhig bleiben." Tucker küsste meinen Nacken und ging auf seine Knie, sein Hände glitten meinen Körper hinab, um sich auf meine Hüften zu legen. Dann nahm er mich.

Zuvor war es nur darum gegangen, dass ich mich an ihn gewöhnte. Ich war nicht länger Jungfrau und er würde mir genau zeigen, wie dieses…Sex-Ding funktionierte.

Das war, worüber ich nachgedacht, nach dem ich mich gesehnt hatte. Ich hatte nie gewusst, dass eine Frau von hinten genommen werden konnte, aber bei Gott, ich liebte es. Er war nicht grob, aber er war auch nicht sanft. Er zog sich fast vollständig zurück, dann stieß er tief in mich, wobei seine Hüften jedes Mal gegen meinen brennenden Hintern klatschten. Wieder und wieder drang er in mich ein, bis ich spürte, wie sich seine Finger anspannten, sein Schwanz anschwoll und ein tiefer knurrender Laut über seine Lippen kam. Ich spürte den heißen Schwall seines Samens in mir.

Ich war nicht noch einmal gekommen, aber er hatte dafür gesorgt, dass mein Verlangen weiterhin brodelte. Ich keuchte so schwer wie er, liebte es, dass ich dafür verantwortlich war, dass er sich in diesem Zustand befand. Liebte das Wissen, dass mein Körper ansprechend genug war, dass ich *gut* genug war, dass er ebenfalls zum Höhepunkt gekommen war. Als er sich aus mir zurückzog und entfernte, brach ich auf dem Bett zusammen, während sein heißer Samen aus mir tropfte.

„Du bist noch nicht fertig, Schatz", murmelte er.

Ein anderer harter Körper legte sich über mich und er küsste mich kurz, dann rollte er mich herum. „Mit zwei Ehemännern wirst du gut beschäftigt sein."

Ich öffnete meine Augen. Es war Gabe. Ich musste ihn

einfach anlächeln. Er küsste mich, sein Bart war weich und kitzelte ein wenig. Er schmeckte anders. Er roch anders. Er *fühlte* sich anders an. Ich öffnete mich bereitwillig für ihn, rutschte hin und her, damit er sich über mir niederlassen konnte. Seine Brusthaare kitzelten meine Brüste. Während seine Hand meinen Hinterkopf umfasste, streichelte sein Daumen über meine verschwitzte Stirn, bevor er nach unten über die unebene Haut meiner Narbe glitt. Er würde sie nicht ignorieren und das teilte er mir mit der einfachen liebevollen Geste mit. Er war immer noch hart, immer noch gierig.

Mit seinen Knien schob er meine auseinander und ich spürte seinen Schwanz an meinem Eingang. Er hörte nicht auf, mich zu küssen, während er langsam in mich eindrang. Ich wand mich wegen seines Umfangs. Mein zartes Gewebe wurde so unfassbar weit gedehnt. Ich sah das dunkle Verlangen in seinem Blick, aber auch die Zärtlichkeit, spürte sie in der Art und Weise, in der er mich fickte. Sanft, als ob ich aus Glas wäre. Aber ich würde nicht zerbrechen.

„Bitte." Ich bewegte meine Hüften, um seinen Stößen entgegen zu kommen. „Mehr."

Nachdem er sich auf seine Hände gestemmt hatte, ragte er über mir auf. Seine dunklen Augen wurden fast schwarz. Er hatte jetzt eine Intensität an sich, ein erregtes Begehren, das ihn von zärtlich und fast schon süß zu männlich und potent verwandelte.

„Du willst es härter?"

Ich nickte und biss auf meine Lippe.

Er zog sich zurück.

„Nein!", schrie ich, packte seine Schultern und zog ihn zurück.

„Ich gehe nirgendwohin, aber wenn du einen harten Fick willst, muss ich den Plug entfernen."

Er stellte sich wieder auf seine Knie und zog den Plug

behutsam aus meinem Körper. Als er aus mir glitt, seufzte ich. Meine inneren Wände zogen sich zusammen und ich fühlte mich leer. Überall.

„Bitte", flüsterte ich. Ich brauchte ihn wieder in mir. Über mir. Genau wie sie es bei der Hochzeit erzählt hatten.

Er begab sich in die vorherige Position, senkte seinen Kopf und küsste mich wieder.

„Wir können dir nichts abschlagen...heute. Auch wenn du denkst, dass du die Kontrolle hast, verwechsle unsere Sanftheit nicht mit Schwäche."

Ich verstand nicht ganz, was er meinte, aber er drang mit einem langen, harten Stoß in mich und jegliche Gedanken verflüchtigten sich. Seine Hand hinter mein Knie legend, öffnete er mich weit für sich. Er zog sich zurück und stieß wieder tief in mich.

Ich schrie auf, weil er so tief in mich eindringen konnte, war fasziniert, wie sein riesiger Schwanz passte. Seine Hoden klatschten gegen meinen Hintern, der noch ganz empfindlich und wund von den früheren Schlägen war. Ich war auch äußerst empfindsam wegen des Plugs.

„Du bist ganz feucht von Tuckers Samen", sagte Gabe. Seine Kiefer pressten sich aufeinander und Schweiß tropfte von seiner Stirn. „Ich werde nicht lange durchhalten. Du bist so eng, so heiß."

Seine Hüften begannen in mich zu stoßen, hart und schnell. Das feuchte Klatschen füllte den Raum. Meine Brüste schwangen und er bewegte mich langsam mit jedem Stoß über das Bett.

Welche Stellen auch immer Tuckers sanftes Ficken in mir erweckt hatte, wurden jetzt von Gabes Schwanz und seinen aggressiveren Bewegungen noch weiter bearbeitet. Mein Körper hatte keine andere Wahl, als sich seinem harten und groben Angriff zu unterwerfen. Einen, den ich gewollt hatte...brauchte. Ich konnte weder die Lustschreie, die mir entwichen, zurückhalten noch den Orgasmus, der mich durchfuhr. Mein Mund klappte auf und ich schrie seinen Namen, mein Körper bebte und pulsierte um Gabes Schwanz.

„Scheiße, sie drückt meinen Samen aus mir." Gabe stieß einmal, zweimal in mich, dann schrie er seinen eigenen Höhepunkt hinaus. Tief in mir versunken, kam er, vermischte seinen Samen mit Tuckers. Ich war erledigt, mein Körper erschöpft von all dem Vergnügen, das mir meine beiden Ehemänner bereitet hatten. Sie hatten es noch dazu mühelos geschafft. Jetzt war ich knochenlos und ohne Verstand. Ich bemerkte kaum, wie sich Gabe aus mir zurückzog oder wie sie mich unter die Decken verfrachteten. Ich schlief zufrieden ein, befriedigt und wunderbar wund, begeistert darüber, dass, ihre Ehefrau zu sein, besser war als in jedem meiner Träume.

KAPITEL 11

KAPITEL ZEHN

TUCKER

„Guten Morgen, Schatz."

Abigail regte sich leicht auf mir. Im Schlaf war sie in meine Arme gerutscht, bis ihr Kopf auf meiner Schulter ruhte und ihr Körper sich an meinen schmiegte. Eines ihrer Beine hatte sie über mich geworfen und ich konnte die Wärme ihrer Pussy an meinem Schenkel fühlen. Ich war zur Morgendämmerung aufgewacht und hatte einfach das Gefühl genossen, sie so nah und weich bei mir zu haben und mit den Fingern durch ihre langen Haare zu fahren, während sie weiterhin schlief. Auch wenn wir sie mit einer sehr heißen Runde Sex erschöpft hatten, hatte sie uns verblüfft.

Die Größe ihrer Leidenschaft war keine große

Überraschung, aber sie war sehr eifrig und ging so offen damit um. Sie hatte keine Angst, keine Sorge darüber gezeigt, dass wir ihre Jungfräulichkeit nehmen würden. Ich war begeistert gewesen, dass sie kein Jungfernhäutchen hatte, das wir hätten durchbrechen müssen. Kein Schmerz für sie. Nur großäugiges Vergnügen.

Wir hatten erwartet, dass wir sie langsam ans Ficken und das Zusammensein mit zwei Männern heranführen würden. Dass wir uns mit ihr Zeit lassen und ihr erlauben würden, sich an das Zusammensein mit uns zu gewöhnen, an die Dinge, die wir mit ihr tun wollten. Aber sie hatte alles gewollt. Gierig, sehnsüchtig. Sie hatte die Schläge auf ihren Hintern angezweifelt, aber schnell herausgefunden, dass sie ihr gefielen, zumindest wenn sie keine Bestrafung waren und ich war froh, dass ich ihr den Unterschied gezeigt hatte. Sogar den Plug in ihrem Hintern. Wir hatten Tränen und wochenlanges Gejammer erwartet, bis sie akzeptierte, dass wir ihren Hintern vögeln würden, aber Abigail wollte es. Liebte es.

Mein Schwanz pulsierte bei der Erinnerung daran, wie eng sie sich angefühlt hatte, als ich sie ebenfalls mit dem Plug in ihr gefickt hatte.

Und ihre Fähigkeit zu kommen! Sie war so reaktionsfreudig, so empfindsam.

Abigail versteifte sich für einen Moment, dann entspannte sie sich wieder an mir. Sie war wach. „Tucker."

„Nicht daran gewöhnt, mit einem Mann in deinem Bett aufzuwachen?"

Das war sie besser nicht.

„Wo ist Gabe?", fragte sie mit vom Schlaf rauer Stimme.

„In den Ställen. Er sagte, wenn du erst mal wach bist, sollen wir ihn dort treffen."

Sie schaute aus dem Fenster. „Die Sonne steht hoch am Himmel. Wie lange haben wir geschlafen?"

„Lange", erwiderte ich, aber nannte keine Uhrzeit. Das war nicht wichtig. Ich hatte noch nie in meinem Leben so spät in den Tag hinein geschlafen oder war mit einer Frau in meinem Bett aufgewacht. Bis auf die Bridgewater Frauen war keine Frau jemals in unserem Haus gewesen.

Aber Abigail war hier, in meinen Armen, wo sie hingehörte. Ich konnte nichts für den männlichen Stolz, der durch meine Adern pumpte. Sie war gut befriedigt und wir hatten sie ausgelaugt. Sie war nicht an die Aufmerksamkeiten eines Mannes, ganz zu schweigen von zweien, gewöhnt und brauchte die Erholung. Besonders wenn wir sie wieder nehmen wollten. Da mein Schwanz bei dieser Vorstellung zuckte, wollte ich, dass es jetzt wieder geschah. „Wund?"

Ihre Finger zeichneten langsame Kreise auf meiner Brust, was, obwohl es etwas so Harmloses war, den verzweifelten Wunsch in mir weckte, wieder in sie einzudringen. „Nicht wirklich."

Ich glaubte nicht, dass sie die ganze Wahrheit sagte, aber so wie sie ihr Bein hoch und runter gleiten ließ und sich mehr oder weniger an meinem Schenkel rieb, schien es ihr egal zu sein.

Mir war es das allerdings nicht. Ich wollte ihr nicht wehtun. Sie mochte zwar kein Jungfernhäutchen gehabt haben, aber ihr Körper war nicht daran gewöhnt, zwei große Schwänze aufzunehmen. Und einen Plug. Sie musste geschwollen und wund sein.

„Gierig nach einem Orgasmus, Schatz?"

Sie hob ihren Kopf und legte ihr Kinn auf meine Brust. Ihre Gesichtszüge waren noch weich vom Schlaf und mit ihren wilden Haaren sah sie gut gevögelt aus. „Mmh, ja, bitte."

„Unersättliches Frauenzimmer", knurrte ich.

Ich liebte ihre Offenheit, die Wahrheit in ihren Augen. Sie

versteckte ihr Verlangen nicht und ich würde sie dafür belohnen.

Meine Position verändernd, drehte ich sie auf ihren Rücken, sodass ich mich über sie beugen konnte. Ich strich mit meiner Hand ihren Bauch hinab und zwischen ihre Schenkel. Es war ihr weder peinlich, noch zögerte sie damit, ihre Beine für mich zu öffnen. Als ich einen Finger in sie einführte, stöhnte ich: „Ich kann unseren Samen spüren. Weißt du, wie hart ich deswegen bin?"

Sie gab einen kehligen Laut von sich und wölbte ihren Rücken in meine zärtliche Berührung. „Ich kann es spüren." Ein Grinsen breitete sich auf ihrem Gesicht aus, während sie sich lustvoll streckte.

Ich glitt ihren Körper hinab und leckte über ihre zarte Haut.

„Tucker!", schrie sie. Das hatte sie nicht erwartet. Auch wenn sie offen für alles und gierig war, war sie immer noch unschuldig.

Ihre Haut war warm und duftend und ich leckte sie wieder. „Nachdem wir in dir waren, schmeckst du anders."

Ihre Hände wanderten zu meinen Haaren, zogen, dann drückte sie mich an sich, als ich ihren Kitzler fand. Ihn mit meiner Zunge umkreiste.

Mein harter Schwanz drückte gegen das Bett und ich verlagerte meine Hüften, um es mir bequemer zu machen. Nachdem sie zum Höhepunkt gekommen war, würde ich in sie eindringen, aber nicht in ihre wunde Pussy.

Sie schrie mit einer Mischung aus Überraschung und Lust auf und ich wusste, als nächstes würde ich ihren Mund nehmen.

* * *

ABIGAIL

Ich lief allein zum Stall. Tucker hatte mich gevögelt und anschließend mit Essen versorgt. Nun, er hatte mich nicht so gevögelt wie in der vergangenen Nacht, aber nachdem er seinen Mund auf mich gelegt und mich zum Höhepunkt gebracht hatte – auf sehr verruchte Art und Weise – hatte er mich auf dem Boden auf meine Knie gesenkt und mir seinen Schwanz in den Mund gesteckt. Er war sanft und geduldig gewesen, während er mir erzählt hatte, was ich tun sollte. Mit einer Hand auf meinem Hinterkopf hatte er mich angeleitet, die breite Spitze zu lecken und die Flüssigkeit, die aus dem schmalen Spalt tropfte, abzulecken. Danach hatte er mich dazu gebracht, ihn so tief aufzunehmen, wie ich konnte, und mich dann zurückzuziehen. Wieder und wieder, bis er in meinem Mund noch größer angeschwollen war und meine Zunge mit seinem dicken Samen benetzt hatte.

Nachdem ich alles geschluckt hatte, hatte er mit seinem Daumen über meine Mundwinkel gestrichen, einen verirrten Tropfen abgewischt und ihn abgeleckt. Er hatte mich hochgehoben, sodass ich zwischen seinen gespreizten Knien stand, während er mich küsste. Ich hatte mich geliebt gefühlt, nicht nur körperlich, sondern auch emotional. Nach dem Lächeln zu schließen, das seine Lippen umspielt hatte, war er zufrieden und befriedigt gewesen.

Aber als ich mich durch das hohe Gras zum Stall kämpfte, erinnerte ich mich wieder an das Problem, das wie eine dunkle Wolke nach wie vor über mir schwebte. Mr. Grimsby. Ich würde Gabe und Tucker verlassen müssen, um nach Butte zurückzugehen. Ich war mir sicher, sie würden mir die Reise verbieten, genauso wie es James getan hatte, wenn ich ihnen erzählte, dass ich allein losziehen wollte.

Und wenn sie mit mir gingen oder an meiner Stelle, konnten sie verletzt werden. Ich erschauderte, als ich daran dachte, wie Mr. Grimsby mit seiner Pistole herumgefuchtelt hatte und daran, dass er einen meiner Männer erschießen könnte. Ja, sie gehörten mir genauso wie ich ihnen. Ich konnte allein gehen. Mr. Grimsby wollte nicht *mich*. Er hielt mich wegen meiner Narbe für unattraktiv. Ich würde ihm einfach die Brosche geben und mit Tennessee von dort verschwinden.

Ich hatte nur noch zwei Tage, um sie zu retten, weshalb ich bald aufbrechen musste. Aber was würden sie von mir denken, wenn sie die Wahrheit erfuhren? Ich hatte bezüglich Tennessees misslicher Lage nicht gelogen, sondern ihnen nur einfach nie davon erzählt. Ich musste hoffen, dass sie es verstehen würden, wenn ich zurückkam. Ich half einer Freundin…und beschützte sie beide.

Als ich die Ställe betrat und Gabe den langen Mittelgang auf mich zulief, wusste ich, dass sie mich hassen würden. Ich würde das zufriedene Leuchten in seinen Augen nicht mehr sehen, das dunkle Versprechen dessen, was seine Hände, Mund und Schwanz mit mir tun konnten. Ich nahm mir einen Moment, um seine breiten Schultern, seine schmalen Hüften und kräftigen Muskeln zu bewundern. Ich wusste, wie sie sich anfühlten, wie sie rochen, wie er küsste, wie er fickte. Es war intim, dieses Wissen, und ich mochte dieses Gefühl. Die Nähe. Es war anders als alle anderen Beziehungen, die ich bisher hatte. Es war…mehr. Nun, es war Liebe.

Bei seinem sanften Kuss wurde mir ganz warm und ich schluckte meine Sorgen darüber, wie sie reagieren würden, wenn ich nach Butte ging, hinunter. Ließ die weniger als angenehmen Gedanken ziehen.

„Gut geschlafen?", erkundigte er sich.

Ich hob meine Hand und fuhr mit meinen Fingern durch seinen Bart, während ich nickte. Er war weich und so anders als Tuckers glattes Kiefer. Ich mochte ihre Unterschiede, der eine zärtlicher, der andere fordernder. Sie waren fast wie Salz und Pfeffer, aber sie waren die Männer, die ich wollte.

„Wund?", fragte er und musterte mich eindringlich.

Ich konnte nicht anders, als meine Augen zu verdrehen, aber seine Sorge fühlte sich gut an. „Tucker hat bereits das Gleiche gefragt."

„Hat er?" Seine Knöchel streichelten über meine Wange.

„Mmh", antwortete ich. „Und ich habe ihm mit Nein geantwortet."

„Was dann?"

„Was dann?", wiederholte ich verwirrt.

„Was hat Tucker dann getan?"

Ich lief dunkelrot an. „Dann hat er mich zum Höhepunkt gebracht, bevor er seinen Schwanz in meinen Mund gesteckt hat."

Seine Augen füllten sich mit dunkler Hitze. „Hat er?", wiederholte er.

„Hallo zusammen."

Gabe und ich drehten uns zu den drei Männern um, die unbemerkt mit uns in den Stall getreten waren.

Sie waren so groß wie Gabe und Tucker, als ob es irgendetwas gäbe, dass die Bridgewater Männer so groß machte.

„Wir haben euer Mädel immer noch nicht kennengelernt", sagte der in der Mitte.

Gabe legte seinen Arm um meine Taille. „Rhys, Simon und Cross das ist Abigail, meine Frau."

„Ja und Tuckers ebenfalls." Es war wieder derjenige in der Mitte, der sprach. Simon. Er hatte einen schottischen Akzent und ein offenes Lächeln.

„Olivia ist ihre Frau", erklärte Gabe mir.

„Ja, sie und ich haben uns letzte Woche auf dem Picknick kennengelernt. Es tut mir leid, dass wir noch keine Gelegenheit hatten, uns zu treffen." Ich sah mich um. „Ist sie mit euch gekommen?"

Cross schüttelte den Kopf. Ein kurzes Grinsen huschte über sein Gesicht. „Sie erholt sich von unseren morgendlichen Zuwendungen."

Ich wusste, was das bedeutete, da ich selbst welche von Tucker erhalten hatte. Dennoch errötete ich.

„Wenn sie ein Baby will, dann müssen wir dafür sorgen, dass ihre Pussy ständig mit Samen gefüllt ist", fügte Rhys hinzu. Seine Worte klangen abgehackter und nach einem britischen Akzent. Ich erkannte das Lächeln eines befriedigten und besitzergreifenden Mannes in seinem Gesicht.

Ich hatte allerdings noch nie jemanden so offen darüber sprechen hören, dass er ein Kind wollte und versuchte, eines zu zeugen.

Gabe sah mit hochgezogener Augenbraue auf mich hinab. „Vielleicht haben wir letzte Nacht ein Baby gemacht?"

Mein Mund klappte auf, als mir bewusstwurde, dass das durchaus eine Möglichkeit war. Nach dem zu schließen, was Tucker vorhin gesagt hatte, befand sich ihr Samen nach wie vor tief in mir.

Ich sah ihn für einen weiteren Moment an, dann wandte ich mich den anderen zu. „Es hat mich gefreut, euch kennenzulernen." Ich würde Gabes Frage nicht beantworten, da ich sie als rhetorisch aufgefasst hatte.

„Werdet ihr euch uns zum Mittagessen anschließen?", fragte Cross. Nach seinem Akzent zu urteilen, schien er der Amerikaner des Trios zu sein.

„Ihr seid drei Tage lang nicht aufgetaucht, nachdem ihr

Olivia geheiratet habt", konterte Gabe. „Glaubt ihr, wir werden da sein?"

Cross grinste. „Wir sind zu dritt, drei Tage. Ihr kriegt nur zwei." Sie fanden ihr Geplänkel alle sehr amüsant, ihr Gelächter hallte von den Stallwänden. Mir hingegen war es leicht peinlich. Sie neckten Gabe – und Tucker in Abwesenheit – mehr als mich, weshalb ich es mir nicht zu Herzen nahm.

„Dann muss ich mich wohl ranhalten." Gabe drückte meine Schulter und sah auf mich hinab. „Ich denke, Tucker und ich werden deine Einstellung übernehmen, Rhys. Wenn wir ein Baby wollen, werden wir dafür sorgen müssen, dass Abigails Pussy immer gut gefüllt ist."

Ich keuchte und wirbelte zu meinem Ehemann herum. Bevor ich auch nur ein Wort sagen konnte, beugte er sich nach unten und warf mich über seine Schulter.

„Gabe! Lass mich runter." Ich trommelte gegen sein Kreuz.

Ich hörte die anderen Männer lachen, während Gabe mich tiefer in die Ställe trug. Eine Tür wurde zugetreten, bevor ich hingestellt wurde.

„Das war peinlich!", schrie ich. Wir befanden uns in der Sattelkammer. Mundstücke und Zügel und verschiedenes anderes Pferdezubehör hingen ordentlich von Haken an den Wänden. Der Geruch nach Pferd und Leder füllte den kleinen Raum.

Gabe zuckte mit den Achseln. „Das ist die Bridgewater Weise. Wir kümmern uns um unsere Ehefrauen und ihre Bedürfnisse."

„Und mein Bedürfnis war, dass du ihnen erzählst, dass wir ficken werden?"

Seine Augen flammten auf. „Ich mag, wie du ficken sagst."

„Gabe", entgegnete ich.

„Olivia möchte ein Kind und es liegt an ihren Männern,

ihr eines zu geben. Sie sind verheiratet, also ist es kein Geheimnis, dass sie ficken. Genauso wenig wie es ein Geheimnis ist, dass Tucker und ich dich ficken."

Ich lief rückwärts gegen die Wand, drückte meine Handflächen gegen das kühle Holz. „Ja, aber man redet nicht darüber."

Gabe trat näher. „Hier schon. Genug darüber. Hast du eine bedürftige Pussy?"

Mir klappte die Kinnlade runter, während sich gleichzeitig meine inneren Wände bei seiner Frage zusammenzogen. Obwohl ich erst vor kurzem durch Tuckers Mund gekommen war, war ich wieder bereit.

„Wenn Tucker deine Pussy nur geleckt hat, dann hat er sie nicht gefüllt", stellte er fest. „Hat er das getan, weil du wund bist?"

Ich schüttelte meinen Kopf. Mein Körper wurde bei seinen verruchten Worten heiß.

„Dann wollte er dich wohl schmecken. Kann nicht sagen, dass ich ihm das vorwerfe. Aber mein Schwanz will wieder spüren, wie du auf ihm kommst. Denkst du, du kannst das für mich tun?"

Oh ja. Das konnte ich definitiv tun. Ich leckte meine Lippen und nickte. Er näherte sich mir und stemmte seine Unterarme gegen die Wand an meinem Kopf.

„Doch sicherlich nicht hier. Wir haben kein Bett", erwiderte ich, wobei ich nach links und rechts schaute.

„Wir brauchen kein Bett", entgegnete er, öffnete seine Hose und zog seinen begierigen Schwanz raus. Den Saum meines Kleides hochhebend, hob er mich hoch. „Schling deine Beine um meine Taille. Ja, genau so. Fuck, ich liebe es, dass du kein Höschen trägst."

„Tucker hat es mir nicht erlaubt", grummelte ich.

Er veränderte seine Position und bewegte sich, bis sich sein Schwanz an meinem Eingang befand.

„Es ist perfekt, damit ich…das tun kann."

Er drückte mich nach unten und füllte mich langsam. Er trat einen Schritt auf die Wand zu, sodass er mich dagegen lehnen konnte und dann nahm er mich hart, fickte mich mit Hingabe und füllte mich mit seinem Samen, wie er es versprochen hatte.

KAPITEL 12

KAPITEL ELF

ABIGAIL

ICH WAR HELLWACH und lauschte ihrem sanften Atmen, während sie links und rechts von mir lagen. Ich starrte auf die dunklen Schatten an der Schlafzimmerdecke. Es war Mitten in der Nacht und ich *sollte* wie sie tief und fest schlafen, da sie den Abend sehr leidenschaftlich mit mir verbracht hatten. Gabe hatte sich gewünscht, dass ich ihm demonstrierte, was ich von Tucker über das Blasen gelernt hatte. An ihm. Während ich seinen geschwollenen, pulsierenden Schwanz geleckt, gesaugt und so weit ich konnte in meine Kehle aufgenommen hatte, hatte mich Tucker von hinten gevögelt. Mit einem Plug in meinem Hintern. Es war das erste Mal gewesen, dass ich zwei

Schwänze gleichzeitig in mir gehabt hatte und ich wusste, es würde nicht das letzte Mal sein.

Der Plug saß immer noch tief in mir und ihr Samen klebte an meinen Schenkeln. Obwohl mich die Männer so gut befriedigt hatten, dass ich erschöpft sein sollte, wurde ich von Schuld und Sorgen geplagt. Ich musste ihnen die Wahrheit sagen. Die ganze Wahrheit. *Ich musste.* Sie mussten über Mr. Grimsby und seine Drohungen Bescheid wissen. Ich wollte nicht, dass sie verletzt wurden, aber ich konnte nicht einfach nach Butte reiten, ohne es ihnen zu erzählen. Die Besorgnis und Freundlichkeit, die sie mir entgegenbrachten, war sogar noch größer als ihre Leidenschaft. Ich fühlte mich wertgeschätzt und erwünscht. Geliebt und begehrt. Auch wenn sie das L Wort nicht ausgesprochen hatten, spürte ich es in jeder Berührung, sah es in ihren durchdringenden Blicken.

Es wäre ein Schlag ins Gesicht, wenn ich ohne eine Erklärung nach Butte ginge. Gott, sie würden vielleicht sogar denken, dass ich sie verlassen hätte. Die Vorstellung, sie zu verletzen, ließ einen Klumpen in meiner Kehle entstehen, da sie sich mir gegenüber perfekt verhalten hatten. Sie hatten nicht einen Kommentar zu meiner Narbe gemacht. Nun, nur um mir mitzuteilen, dass sie sie nicht störte. Dann hatten sie sich gleich daran gemacht, mir das zu beweisen.

Ich war es ihnen schuldig, denn sie waren meine Ehemänner. Eine Ehefrau hatte keine solchen Geheimnisse. Wie sie es schon einmal gesagt hatten, musste ich ihnen mein Problem übergeben. Sie waren stark genug, um damit umgehen zu können. Ich hatte das zuvor nicht verstanden, nicht einmal vor einem Tag, aber jetzt...jetzt wusste ich es.

Ich würde es ihnen morgen erzählen. Alles. Wir würden gemeinsam nach Butte reiten und Tennessee helfen, dann nach Hause zurückkehren. In Sicherheit.

Mit dieser Entscheidung fühlte ich mich besser. Es

würde nicht einfach werden, ihnen die Details zu erzählen, aber sie würden mir genauso zuhören wie zuvor, als ich ihnen meine Lüge gebeichtet hatte. Sie hatten nicht geschrien. Ja, mir war der Hintern versohlt worden und das hatte ich mehr als verdient gehabt, auch wenn ich das nur ungern zugab. Ich rechnete damit, wieder übers Knie gelegt zu werden, aber das Wissen, dass das Geheimnis nicht länger zwischen uns stünde, würde das wert sein. Vielleicht.

Das Geheimnis könnte uns auseinanderreißen. Ich würde nicht zulassen, dass Mr. Grimsby zerstörte, was wir hatten. Aber wie konnte ich sie beschützen? Sie hatten mir erklärt, ich solle ihnen meine Probleme geben. Das würde ich tun und definitiv, bevor sie sie mir mit Hilfe von Schlägen auf meinen Po entlockten.

Erleichtert kuschelte ich mich zwischen meine Männer, wobei mein Rücken gegen Tucker drückte und meine Hand auf Gabes Brust ruhte. Ich lächelte vor mich hin. Ich würde es ihnen am Morgen erzählen.

* * *

Ich wachte allein auf. Die Sonne schien bereits hell durch das Fenster. Dass es den zwei Männern gelungen war, aus dem Bett zu klettern, ohne mich aufzuwecken, war ein Anzeichen dafür, wie lange ich wachgelegen und nachgedacht hatte. Mir Sorgen gemacht hatte. Aber jetzt war ich erfrischt und bereit, es ihnen zu erzählen. Ich war nicht allzu begierig das zu tun, aber spürte, dass dies etwas Großes war, das mich davon abhielt, mich ihnen vollständig hinzugeben. Sie waren meine Ehemänner und ich wollte nichts vor ihnen geheim halten. Wie sie gesagt hatten, würde es sich gut anfühlen, die Bürde zu teilen.

Eine Nachricht lag auf dem Tischchen neben dem Bett.

Ich hob sie hoch und lächelte über die Worte, die krakelige Handschrift.

Du warst ein braves Mädchen, da du den Plug die ganze Nacht in dir gelassen hast. Du bist dort so sensibel und begierig. Heute Abend, Schatz. Heute Abend werden wir dich gemeinsam nehmen. Dich vollständig für uns beanspruchen.

Ich schluckte bei dem Gedanken an einen Schwanz, der tief in meinem Po steckte. Würde es Gabe oder Tucker sein, der mich dort zum ersten Mal nahm? Auch wenn ich nervös war, freute ich mich auch. Wenn sie mich dort berührt hatten, hatte es mir gefallen. Ich hatte es sogar geliebt und sie hatten sichergestellt, dass ich jedes Mal gekommen war, damit ich dort nur Vergnügen erlebte. Aber heute Nacht? Ich zog meine Muskeln um den Plug herum zusammen.

Entferne den Plug. Du warst ein braves Mädchen, dass du ihn die ganze Nacht lang in dir gelassen hast. Geh zu Emma zum Frühstück und suche uns dann im Stall. Wir sind begierig, dich wieder zu nehmen.

Ich lächelte bei dem Gedanken, dass sie mit harten Schwänzen arbeiteten.

Beeil dich.

. . .

Ich tat, wie mir geheißen wurde, zog den Plug mit einem Zucken und Zischen aus mir und kleidete mich dann an.

Kurze Zeit später folgte ich Emma durch den Flur und in die Küche. Ich hatte sie erst noch kennenlernen müssen, da ich sie auf dem Picknick nur aus der Ferne gesehen hatte. Sie hatte Kane und Ian kennengelernt und geheiratet, während ich auf der Schule gewesen war. Ihre strahlend blauen Augen standen in starkem Kontrast zu ihren dunklen Haaren. Das kleine Mädchen in ihren Armen hatte die gleiche Haarfarbe.

„Es tut mir leid, dass wir uns noch nicht früher vorgestellt worden sind, aber ich kenne die Bridgewater Männer und wusste, dass du für ein oder zwei Tage beschäftigt sein würdest."

Ich errötete bei ihren Worten, während ich dem Duft von Kaffee und gebratenem Fleisch folgte, obwohl das Frühstück schon lange vorbei war. „Ja, Tucker und Gabe sind…gierig."

Sie lachte und drehte sich, um über ihre Schulter zu mir zu schauen. Das Baby schob seine Faust in den Mund und Sabber tropfte über ihr Kinn. „Gierig? Wie wäre es mit befehlend oder dominant oder herrisch?"

„Dominant, ja", erwiderte ich. Die anderen zwei Dinge hatten sie noch nicht ausgelebt, aber ich schätzte, dass das schon bald passieren würde. „Oh, Hallo."

Laurel und Olivia befanden sich ebenfalls in der Küche und saßen an dem großen Tisch. Vor ihnen standen Tassen und Laurel ließ ein Baby auf ihrem Schoß hüpfen, das glücklich an einem Holzring zu nagen schien.

Beide Frauen lächelten mich an. „Abigail!", rief Laurel. „Wir haben nicht erwartet dich vor Morgen zu sehen."

Ich runzelte die Stirn. „Oh?"

„Zwei Männer, zwei Tage", antwortete sie. „Du bekommst eine zwei Tage Honeymoon." Laurel deutete mit dem Kopf zu Olivia. „Sie hatte drei."

„Ich habe drei Ehemänner", konterte Olivia und ein

Lächeln umspielte ihre vollen Lippen. „Wie Abigail wahrscheinlich bereits herausgefunden hat, sind die Männer ein bedürftiger Haufen und verlangen gleichberechtigte Aufmerksamkeit."

„Gleichberechtigtes Ficken", fügte Emma hinzu.

Mein Mund klappte auf.

„Oh, schau doch nicht so", schimpfte Emma. „Die Babys sind zu klein, um solche Worte nachzuplappern und außerdem ist es wahr."

Laurel lachte. „Nach deinen roten Wangen zu schließen, weißt du, dass es wahr ist", sagte sie zu mir.

Ich konnte nicht anders, als zu lächeln. „Ja, es ist wahr."

„Kaffee?" Emma reichte das Baby Olivia und wandte sich dann dem Herd zu.

„Bitte."

Ich nahm gegenüber den anderen Platz und rutschte ein wenig hin und her, da mein Hintern von dem Plug wund war. Es hatte nicht wehgetan, aber ich war weder an den Plug noch an die Dehnung gewöhnt. Meine Pussy wurde wärmer, als sich meine Gedanken meinen Männern und ihren hingebungsvollen Aufmerksamkeiten zuwandten, den Versprechen, die sie mir hinterlassen hatten.

Heute Abend.

„Hast du bereits einen Plug bekommen?", wollte Emma wissen. „Ich frage nur, weil du auf deinem Stuhl herumrutschst wie eine Frau, die vielleicht etwas zu viel Aufmerksamkeit von ihren Ehemännern erhalten hat."

„Du bist viel zu direkt", rügte Laurel Emma sanft. „Gib ihr wenigstens eine Woche, bevor du ihr die Details entlockst."

Emma zuckte unbekümmert mit den Schultern. „Ich war zutiefst beschämt, als sie mir zum ersten Mal einen Plug eingesetzt haben. Es war nicht in der ersten Nacht, sondern als wir endlich hier auf der Ranch ankamen. Sie ließen ihn nur kurze Zeit in mir, einige Minuten."

„Nur – " Ich biss auf meine Lippe, als mir die Frage ungewollt über die Lippen kam.

Laurels Augen wurden groß. „Du meinst, sie haben ihn länger in dir gelassen?"

Ich nickte. Ich konnte nicht verhindern, dass meine Wangen heiß wurden. Ich rutschte wieder hin und her.

Olivia streckte ihre Hand aus und tätschelte meine. „Aber es hat dir gefallen?"

Ich nickte wieder. Sie grinste.

„Das wussten sie. Sie kennen *dich*. Und wenn sie dich gemeinsam vögeln..." Sie seufzte.

Die anderen Frauen taten es ihr gleich und klangen dabei fast schon verträumt.

„Heute Abend", platzte es aus mir heraus. Ich warf mir die Hand über die Augen.

Laurel sprach: „Deine Männer wollen dich schon seit langer Zeit. Ich bin mir sicher, du hast sie ziemlich glücklich gemacht. Wenn sie dich heute Abend gemeinsam nehmen, werden sie wissen, dass du bereit bist, nicht nur dein Körper, sondern auch dein Geist."

„Dein Herz", fügte Olivia hinzu.

Ich ließ meine Hand sinken und warf einen Blick zu Emma. Sie nickte zustimmend.

Ich sah hinab auf meine Tasse. „Ja." Was konnte ich auch sonst sagen, wenn ich ihnen doch zustimmte?

„Also hast du ebenfalls für sie geschwärmt?", fragte Emma.

Ich nickte.

„Ich habe Kane und Ian nicht einmal vor der Hochzeit gesehen", sagte Emma.

„Ich kannte Cross, Simon und Rhys nur seit einigen Stunden. Tatsächlich", sagte Olivia und hielt dann inne, „kannte ich Cross und Rhys nur für einige Stunden. Simon lernte ich erst kennen, kurz bevor ich heiratete."

„Ich will sie, seit ich vierzehn war", gestand ich. Diese Frauen gingen mit allem so offen um. Ich war verheiratet, also gab es keinen Grund, nicht darüber zu reden. Und sie würden…nein, sie waren meine Freundinnen.

Alle drei sahen mich sehnsüchtig an. Laurels Baby hämmerte mit der kleinen Faust auf den Tisch und wir lachten.

„Ich glaube, ihnen hat der Konkurrent nicht gefallen", fügte Laurel hinzu. „Der Mann aus Butte. Als sie von ihm hörten, wollten sie nicht mehr nur zuschauen."

Hatten sie mich wegen eines ausgedachten Konkurrenten geheiratet? Ich konnte nur darüber lächeln, wie besitzergreifend und möglicherweise eifersüchtig meine Männer waren. Da erhob ich mich, weil ich begierig war, zu ihnen zu gelangen. „Sie warten im Stall auf mich."

„Willst du nichts essen?", fragte Olivia.

Ich grinste sie an, da mir bewusstwurde, dass ich bei ihnen nicht nervös sein musste. Sie waren freundlich und großzügig und offen, insbesondere darüber, mit zwei Männern zusammen zu sein. Und deswegen antwortete ich: „Sie *warten*."

Emma wackelte mit den Augenbrauen. „Viel Spaß!"

Ich hörte sie lachen, während ich den Flur hinab zur Eingangstür lief. Sie *lachten* über mich, aber es störte mich ausnahmsweise einmal nicht.

Ich lächelte, als ich über das offene Feld zu den Ställen lief. Ich war zufrieden mit meinen Ehemännern, zufrieden mit meinen neuen Freundinnen, zufrieden damit, dass ich ihnen von Mr. Grimsby erzählen würde, dass in unserer Ehe nichts mehr zwischen uns stehen würde. Und wenn sie mich später gemeinsam für sich beanspruchten, wenn ein Mann vor mir, der andere hinter mir wäre, dann würde ich wissen, dass wir endlich eins waren.

Die große Stalltür stand offen, sodass die warme frische

Luft hineinströmen konnte und daher lief ich nach drinnen. Dort hielt ich an und erlaubte meinen Augen, sich an die Dunkelheit im Stall zu gewöhnen.

„Das ist eine hübsche Stute. Ich möchte sie gerne kaufen."

Die Stimmen kamen aus dem hinteren Teil des Gebäudes und ich lief in diese Richtung.

„Du scheinst dir selbst eine hübsche Stute zugelegt zu haben, Landry. Die Wahl deiner Ehefrau hast du klug getroffen. Die Carr Ranch ist fast so groß wie Bridgewater."

Ich erkannte die Stimme, die aus der hinteren Box drang, nicht, aber ich wusste, dass sie von mir sprachen. Gehörte die neue Stimme jemandem, der ebenfalls auf Bridgewater lebte? Sie waren eine große Gruppe und ich musste erst noch alle kennenlernen.

„Ja, ich bin sehr zufrieden", antwortete Tucker. Mein Herz machte bei seiner freimütigen Antwort einen Satz.

Der Fremde lachte. „Deine Hände in Reichweite all dieses Landes zu bekommen, ist ein genialer Plan. Nicht viele wären in der Lage, ihr Gesicht zu ignorieren."

Ich begann auf sie zuzulaufen, aber der letzte Satz, ließ mich an Ort und Stelle erstarren. Er sorgte auch dafür, dass sich mein Herz zusammenzog.

„Bei solch einem Körper, wie sie ihn hat, kannst du einfach ihr Gesicht abdecken, während du sie fickst und über all ihr Land nachdenkst."

„Das Land ihres Bruders ist riesig." Gabe. Er leugnete die schrecklichen Worte des Mannes nicht. Sagte nicht, dass sie nicht stimmten.

Ich taumelte einen Schritt zurück, dann noch einen.

Sie hatten mich wegen der Ranch meines Bruders geheiratet? Sie waren gewillt, das Opfer zu erbringen, mich zu ficken, bis sie die Ranch in ihre Finger bekommen konnten?

Oh Gott. Ich legte meine Hand über meinen Mund, um

das Wimmern zurückzuhalten. Ich wollte mich übergeben. Worauf hatte ich mich da nur eingelassen? Ich hatte die ganze Zeit recht gehabt. Die Männer konnten nicht an meiner Narbe vorbeisehen. Sie hatten gelogen. Deswegen hatte mich Tucker beim ersten Mal von hinten gefickt. Er hatte gelogen. *Gelogen!*

Ich sollte nicht überrascht sein. Ich hatte sie angelogen. Es war nur gerecht, wenn sie es ebenfalls taten. Unsere Ehe basierte auf Lügen. War auf ihnen gebaut. Deswegen war sie auch so instabil. Ich hatte vorgehabt, ihnen von Mr. Grimsby zu erzählen und um ihre Hilfe in dieser Sache zu bitten. Jetzt nicht mehr. Ich würde lieber einen Eimer Nägel essen, als es ihnen erzählen. Jetzt würde ich allein gehen, Tennessee retten und dann einfach…gehen. Irgendwohin.

Ich konnte nicht zu James zurück. Er würde mich hierher zu meinen Ehemännern zurückschicken. Sie hatten mich nicht körperlich verletzt. Auch wenn James Tucker und Gabe vielleicht für ihre Gedanken zusammenschlagen würde, so würde er mir trotzdem sagen, dass sie besser seien als andere Männer. Sie wollten mich wegen der Ranch meiner Familie, nicht um meiner selbst willen. Wem machte ich auch etwas vor? Welcher Mann wollte *nicht* etwas wie die Carr Ranch? Ich war lediglich der Preis, den die Landrys bezahlen mussten. James hatte versucht, mich zu beschützen, indem er mich auf die Schule geschickt hatte, aber das hatte nur belegt, was ich die ganze Zeit schon gewusst hatte. Niemand wollte mich.

Ich lief so schnell und leise ich konnte und stürzte aus dem Stall. Als ich erst einmal draußen an der frischen Luft war, rannte ich. Meine Lungen begannen von der Anstrengung zu brennen, aber es war mir egal. Der Schmerz überdeckte zumindest die Qual meines brechenden Herzens.

KAPITEL 13

KAPITEL ZWÖLF

GABE

Meine Wut war kaum noch zu bändigen. Meine Fäuste ballten sich an meinen Seiten und ich funkelte den Mann, der eines unserer Pferde kaufen wollte, wütend an. Wenn das Treffen nicht schon seit langem festgestanden hätte, hätten wir es verschoben. Er und seine wichtigtuerische, fiese Art hielten uns von Abigail fern.

„Auch wenn das Land ihres Bruders riesig ist", wiederholte ich mit zusammengebissenen Zähnen, „haben wir Abigail Carr geheiratet, weil wir sie lieben. Auf diese Art über sie zu sprechen, ist respektlos unserer Frau gegenüber."

Kane trat einen Schritt näher zu Masters, den Bastard, der sich um nichts und niemanden scherte außer das schnelle Geld. Er hatte eines unserer Pferde für die Zucht gewollt, aber jetzt würden wir ihm auf keinen Fall ein Pferd verkaufen.

Die buschigen Augenbrauen des Mannes hoben sich. Ich wusste, dass er verheiratet gewesen war, aber ich fragte mich, was das für eine Frau war, die es jahrelang mit ihm ausgehalten hatte. Er war in seinen Fünfzigern und ich konnte nur hoffen, dass seine Frau friedlich im Schlaf gestorben war. Gott hatte sicherlich Gnade mit ihr.

„Masters, du schuldest diesen Männern eine Entschuldigung", sagte Kane in scharfem Tonfall. „Und ihrer Frau." Er würde nicht daneben stehen und zulassen, dass er eine der Frauen attackierte, wenn auch nur verbal und nicht in ihrer Anwesenheit. Da sie nun eine Bridgewater Frau war, wurde sie von allen beschützt.

„Er kommt unter keinen Umständen auch nur in Abigails Nähe." Tucker schüttelte den Kopf. Er war stinkwütend. „Nein, ich will keine Entschuldigung. Ich will Rache."

Bevor wir auch nur blinzeln konnten, hatte Tucker die Box bereits durchquert und Masters ins Gesicht geschlagen. Das Knacken der Knochen hallte laut in dem kleinen Raum wider. Der Mann fiel um wie ein Stein und landete auf dem frischen Stroh. Die Pferde wurden unruhig, aber mir war es egal, ob sie Masters niedertrampelten. Das würde ihm recht geschehen.

Tucker stand schwer keuchend über den Mann gebeugt da. Mit einer Hand auf seiner blutenden Nase sah Masters zu ihm hoch.

„Das ist meine Frau, du Arschloch. Jetzt schwing deinen Hintern in die Höhe und verschwinde aus Bridgewater, bevor ich dich umbringe. Wie James Carr erst vor kurzem sagte, gibt es jede Menge Land, auf dem wir deinen Körper vergraben können."

Tucker trat zurück und Kane half Masters auf die Füße. Seinen Arm packend, zog Kane ihn aus der Box und schob ihn dann durch den Korridor. Ich hörte Kane irgendetwas zu Masters murmeln, aber ich war zu wütend, um zuzuhören.

„Ian!", schrie Kane.

„Ja?" Ich wusste nicht, wo der Schotte gewesen war, aber er lief schnell zu Kane.

„Masters muss von Bridgewater eskortiert werden."

Wir wurden allein im Stall zurückgelassen. Das einzige Geräusch war das schwere Atmen eines Pferdes. Ich lief langsam zu ihm und streichelte mit der Hand sanft über die zitternde Flanke, um es zu beruhigen.

„Fühlst du dich besser, Tucker?", fragte ich ein wenig eifersüchtig darauf, dass er das Arschloch hatte schlagen dürfen.

Er gluckste, während er seinen Kopf schüttelte und die Hände in die Hüften stemmte. „Sehr viel besser. Kein Wunder, dass Abigail so schüchtern ist. Die Leute sind so... fuck. Solche Arschlöcher."

„Sie ist jetzt nicht mehr allein", erinnerte ich ihn.

Er hob seinen Kopf und sah zu mir. „Nein, das ist sie nicht. Ich werde die ganze Stadt verprügeln, wenn ich muss."

„Das bezweifle ich nicht. Sie ist aber nicht Clara."

Ich sprach den Namen seiner Schwester aus, obwohl ich wusste, dass es alten Groll in ihm wecken würde. Unsere Eltern waren noch nicht verheiratet gewesen, als sie noch gelebt hatte, aber ich wusste genug über sie und wie Tucker für sie empfunden hatte. Seit ich zwölf Jahre alt war, wusste ich von seiner Wut über das, was passiert war.

Seine Schultern versteiften sich. „Ich konnte sie nicht beschützen, aber ich kann Abigail beschützen."

„Du warst zehn Jahre alt. Du musst das Ganze loslassen." Ich erklärte ihm das bereits seit Jahren, aber es machte keinen Unterschied.

„Das wird nie passieren. Mein *Vater* war der Grausamste

von allen. Er hat gewartet, bis meine Mutter starb und sie dann weggeschickt. Er hat sie *weggeben.*"

Und dann hatte er meine Mutter geheiratet, da er nun die Bürde eines *anderen* Kindes losgeworden war. Aber er hatte durch die Ehe mich gewonnen und ich hatte mich immer auf Tuckers Seite gestellt. Wir waren sofort Freunde geworden, Verbündete und sein Vater war auch mein Feind geworden. Ich hatte den Mistkerl gehasst und keiner von uns war traurig über die Nachricht gewesen, dass er vor einigen Jahren gestorben war.

Tucker kehrte mir seinen Rücken zu und legte seine Hände auf die Brüstung des Zaunes, der die Box umgab.

„Vergiss Masters. Niemand hier wird zulassen, dass Abigail geschadet wird. Sie hat mehr als uns. Das weißt du", versicherte ich ihm. „Sie ist in Sicherheit, aber wir müssen ihr zeigen, dass sie perfekt ist, so wie sie ist."

Tucker holte tief Luft und drehte sich dann um. Lehnte seine Hüfte gegen den Zaun.

„Ja. Und wir werden es genießen, ihr das zu zeigen. Lass uns unsere Arbeit machen, damit wir sie in die Sattelkammer ziehen können, wenn sie kommt. Du hast gemeint, dass es ihr gefallen hat, dort genommen zu werden."

Mein Schwanz wurde bei der Erinnerung hart. „Mmh. Wir könnten vielleicht einige der Lederbänder benutzen. Vielleicht gefällt es ihr, gefesselt und uns ausgeliefert zu sein."

* * *

ABIGAIL

ICH WAR DARAN GEWÖHNT, Spott und Häme zu hören. Ich war daran gewöhnt, verhöhnt zu werden. Verletzt zu werden. Ich hatte eine Mauer um mein Herz errichtet, um es vor der Grausamkeit zu schützen, an die ich gewöhnt war. Aber ich war überrascht darüber, wie schnell Tucker und Gabe diese Mauer eingerissen und mich dazu gebracht hatten, zu denken, die Narbe würde nichts bedeuten. Jetzt, da ich wusste, wie sie wirklich über mich dachten, tat es noch mehr weh als alle fiesen Worte in der Vergangenheit. Zusammen. Aber ich wusste, wie ich die Mauer wieder aufbauen konnte. Ich musste es tun, um Bridgewater hinter mir lassen zu können. Ich konnte mit dem Schmerz in meinem Herzen nicht überleben und ich konnte nicht von hier verschwinden, ohne meine Trauer zu verbergen.

Ich brauchte ein Pferd. Ich konnte nicht nach Butte laufen. Aber ich konnte keines aus dem Stall holen. Ich würde auf keinen Fall an den Ort zurückkehren, wo sich Gabe und Tucker aufhielten. Ich fand Ann im Gemüsegarten, wo sie Unkraut jätete. Es war ein ziemlich großer Garten, groß genug, um die Ranch im Sommer mit Essen zu versorgen und auch um Gemüse für den langen Winter zu konservieren. Sie lächelte mich unter ihrem Strohhut an.

„Was ist los?", fragte sie, erhob sich und lief zu mir.

Ich holte tief Luft und zwang mir ein Lächeln ins Gesicht. Entweder war sie sehr aufmerksam oder ich war nicht mehr so gut darin wie früher, meine Gefühle zu verbergen. Zwei Tage mit Tucker und Gabe und ich hatte meinen Biss verloren. „Ich bin einfach nur müde. Du kannst dir wahrscheinlich vorstellen, dass ich gut beschäftigt worden bin."

Da grinste sie und verschob ihren Hut. Sie war nicht mit den anderen in der Küche gewesen, um das Gespräch zu hören. „Ja. Ich kann es mir vorstellen. Sie gehen aber nicht zu hart mit dir um, oder? Ich weiß, Emmas Männer sind ziemlich dominant und sie empfindet Vergnügen bei ihren strengen Befehlen, aber ich bezweifle, dass es dir genauso geht. Tucker und Gabe sind…sanft mit dir?"

Ich hätte erröten sollen, aber ich war zu aufgebracht. „Ich werde nicht bequem sitzen können", gestand ich. Es war eine leichte Übertreibung, aber dennoch die Wahrheit.

Sie fand die Antwort nicht ungewöhnlich. Nach ihren Erzählungen und denen der anderen Frauen hatte ich den Eindruck gewonnen, dass bequem zu sitzen, etwas war, was die Frauen auf Bridgewater nicht allzu oft erlebten.

„Ich bin fast fertig. Würdest du gerne mit mir zu meinem Haus gehen? Wir können uns dort unterhalten, ohne dass uns die Sonne auf den Kopf scheint."

Ich schüttelte den Kopf. „Nein, danke. Ich habe…ähm, mich gefragt. Kann ich mir dein Pferd ausleihen?" Ich deutete auf das Tier, das im Schatten einer großen Pappel angebunden war. „Ich muss zu meinem Bruder reiten, um einige Dinge abzuholen."

Ihre Augenbrauen hoben sich unter ihrem Hut. „Deine Männer lassen dich allein gehen?"

Ich zuckte leicht mit den Achseln. „Sie sind im Stall mit einem Mann beschäftigt, der ein Pferd kaufen möchte. Ich werde ohnehin nur den Tag über weg sein. Es ist ziemlich sicher von hier zu meinem Bruder zu reiten."

„Du hast gerade erzählt, dass du nicht bequem sitzen kannst. Warum willst du dann ein Pferd reiten?"

Ich wünschte, sie wäre nicht so scharfsinnig. Ich neigte meinen Kopf zur Seite. „Was wir bis jetzt getan haben, war nur Übung", gestand ich. „Ich bin mir sicher, du verstehst das. Ich will gehen, solange sie beschäftigt sind, da sie…Pläne für heute Abend mit mir haben." Ich biss auf meine Lippe. „Ich denke, morgen werde ich noch unpässlicher sein."

Ich konnte mir nur vorstellen, wie sich mein Hintern anfühlen würde, nachdem Tucker und Gabe ihn gefickt hatten. Obwohl meine Pussy nicht wund gewesen war, nachdem ich meine Jungfräulichkeit verloren hatte, so war sie definitiv empfindlich gewesen. Aber *dort* würde ich auf jeden Fall wund sein. Das war jetzt nicht wichtig. Keiner würde mich ficken…egal in welches Loch.

Ann sah weg. „Ja, ich verstehe."

Ich war mir sicher, dass sie das tat. Wenn Tucker und Gabe meinen Hintern erobern wollten, hatten die anderen Frauen sicherlich das Gleiche erlebt. Es schien, als wäre es die ultimative Eroberung für die Bridgewater Männer, ihre Frau zur gleichen Zeit zu nehmen.

„Dankeschön", murmelte ich und lief zu dem Pferd. Ich fühlte mich schrecklich, weil ich sie täuschte und belog. Anscheinend wurde ich recht gut darin. Ann wandte sich wieder ihrer Arbeit im Garten zu, während ich die Zügel des Pferdes ergriff und aufsaß. Nach einem kurzen Stopp beim Haus der Landrys würde ich von hier verschwinden.

Für immer.

KAPITEL 14

KAPITEL DREIZEHN

TUCKER

„WAS ZUM HENKER meint ihr damit, ihr wisst nicht, wo sie ist?", schrie James Carr, wobei er in seiner Wut fast einen Küchenstuhl umwarf. Er hatte sich, nach nur einem Tag, gut von seiner Grippe erholt und war nun rasend vor Wut. Und das zu Recht. Er hatte seine Schwester unserer Fürsorge anvertraut und wir hatten sie verloren.

Gabe rieb sich mit einer Hand über den Nacken. „Sie hat die Ranch verlassen. Sagte, sie würde hierherkommen. Um ihre Sachen abzuholen."

„Nun, sie ist verdammt nochmal nicht hier. Ich dachte, ihr wolltet mit ihr nach Butte gehen", entgegnete er.

„Wir haben sie nach Bridgewater gebracht und geheiratet", erwiderte ich. Obwohl ich derjenige war, der normalerweise gleich auf hundertachtzig war, war ich ziemlich ruhig. Zumindest äußerlich. Im Inneren war ich nicht wütend, sondern hatte Angst. Es war wie damals, als Clara verschwunden war. Allerdings würde James Abigail nicht zu einer Institution bringen, um sie vor der Welt zu verstecken –

Oh Scheiße, irgendwie hatte er das bereits getan. Er hatte sie auf die Schule geschickt, um sie zu verstecken. Nicht, weil er sich schämte, sondern um sie zu beschützen.

Und jetzt hatten wir sie verloren.

„Wenn ihr auf dem Weg etwas zugestoßen wäre, hätten wir sie gefunden. Sie kennt den Weg und er ist nicht übermäßig lang, weshalb ich bezweifle, dass sie sich verirrt hat. Es gab nirgends eine Spur von ihr, weshalb ich denke, dass sie nicht vorhatte, hierher zu kommen."

„Ihr habt meine Schwester geheiratet und jetzt ist sie weg? Was zur Hölle habt ihr mit ihr gemacht?"

Ich hatte nicht vor, ihm irgendetwas von den Dingen, die wir mit ihr gemacht hatten, zu erzählen. Er musste mit Sicherheit nicht wissen, dass sie kein Jungfernhäutchen hatte oder dass es zumindest schon lange, bevor wir sie mit unseren Schwänzen gefüllt hatten, gerissen war. Er musste nicht wissen, dass wir ihr einen Plug in den Hintern eingeführt hatten, dass sie es geliebt hatte, meinen Schwanz zu blasen. Und Gabes.

„Wir glauben, dass sie etwas überhört hat, das sie aufgeregt hat", antwortete ich. Das war die einzige Möglichkeit. Da ich wusste, wie sensibel sie war, ging ich davon aus, dass es sie wirklich beschäftigt haben musste, Masters so schlecht über sie reden zu hören. War es allerdings schlimm genug, damit sie weg ritt? Warum war sie nicht geblieben und hatte sich von uns trösten lassen? Wenn sie die Worte des Mannes gehört hatte, dann wusste sie, dass ich ihm einen Kinnhaken verpasst und ihn von der Ranch hatte werfen lassen.

James stand einfach nur mit den Händen in den Hüften da und wartete. Kochte vor Wut.

Als Abigail nicht in den Stall gekommen war, wie wir es erwartet hatten, waren wir zum Mittagessen zu Emmas Haus gegangen, da wir angenommen hatten, sie wäre von den Frauen aufgehalten worden. Aber als diese erzählt hatten, dass Abigail gegangen wäre, um sich mit uns zu treffen, mussten wir davon ausgehen, dass sie die Konfrontation gehört und angefangen hatte, sich Sorgen zu machen. Es dauerte zwei Stunden, bis wir von Ann erfuhren, dass sie sich ein Pferd genommen und zur Carr Ranch geritten war. Also waren wir ihr gefolgt, aber sie war offensichtlich nicht hier.

„Nun?", fragte er ungeduldig.

Gabe erzählte ihm von dem Vorfall mit Masters. James schüttelte den Kopf, da er selbst gut wusste, was für ein Arschloch der Mann war. Aber als wir berichteten, wie schlecht und respektlos er über Abigail geredet hatte, warf er in seiner Wut den Stuhl um.

„Ich habe seine Nase gebrochen und Kane hat ihn von der Ranch eskortiert", erzählte ich ihm, aber das schien ihn nicht friedlicher zu stimmen.

„Sie hat ihr ganzes Leben lang mit solchem Gerede zu tun gehabt. Das ist der Grund, warum ich sie auf die Schule geschickt habe, um das alles zu vermeiden."

„Wir denken, Abigail hat es gehört und ist geflohen. Hierher", erklärte ich.

Er schüttelte den Kopf. „Wenn sie nicht hierhergekommen ist, wo zum Henker ist sie dann?", wunderte sich James, während er hin und her tigerte.

Wo würde sie hingehen? „Hat sie enge Freunde in der Stadt?", fragte Gabe.

„Nein", antwortete James. „Sie war zu lange weg, um enge Freundschaften pflegen zu können."

„Sie hat vielleicht Freunde in Butte", meinte Gabe. Er rieb sich mit den Fingern über seinen Bart. „Wartet."

James drehte sich um.

„Warum *wollte* sie nach Butte gehen?"

Ja, ich hatte ganz vergessen, dass ihr ursprüngliches Ziel Butte gewesen war. Wir hatten uns von der Stadt abgewandt, um sie nach Bridgewater zu bringen, damit sie uns heiraten konnte und seitdem hatten wir nicht mehr darüber nachgedacht.

„Um ihren Verehrer zu treffen", sagte James.

„Es gab keinen Verehrer. Das war eine Lüge", erklärte ich ihm.

Seine Augenbrauen hoben sich, kurz bevor er durch den Flur in sein Büro marschierte. Als wir das Klirren von Glas hörten, folgten wir ihm. Er goss sich selbst einen Drink aus einer Karaffe ein.

„Kein Verehrer. Ihr habt sie geheiratet. Sie ist verschwunden. Was zum *Henker* geht hier vor sich?"

Wir erzählten ihm von den Gründen, wegen denen sie den Verehrer erfunden hatte.

„Also wollte sie nach Butte gehen, um jemanden zu treffen, der gar nicht existiert?", wunderte er sich und trank die bernsteinfarbene Flüssigkeit in einem Zug.

Ich warf Gabe einen Blick zu. „Sie hat den Verehrer erfunden, damit sie einen Grund hatte, um nach Butte zurückzukehren. Sie hat uns von dem Mann oder besser gesagt seiner Nicht-Existenz erzählt. Sie hat die Lüge zugegeben, aber sie muss das wahre Problem verschwiegen haben."

Er rollte mit den Schultern, während er meinen Gedankengang verfolgte.

„Sie musste nach Butte gehen, egal was passierte", fasste

ich zusammen. „Aus irgendeinem Grund, der wichtig genug ist, um deswegen zu lügen. Um es vor dir und uns beiden geheim zu halten. Sie war gewillt, allein zu gehen, sogar mit uns – wenn wir sie nicht geheiratet hätten. Und jetzt ist sie allein losgezogen."

„Das ist nicht gut", meinte James und stellte das leere Glas mit einem Knall ab. „Es kann nichts Gutes sein, wenn sie nichts davon erzählt hat. Wir gehen jetzt nach Butte und suchen sie."

Ich würde dem Mann nicht widersprechen. Auch wenn es unsere Aufgabe war, unsere Frau zu beschützen, so war sie immer noch seine Schwester. Wir hatten keine Ahnung, worin Abigail verwickelt war. Ihn dabei zu haben, konnte nur hilfreich sein. Außer er brachte uns zuerst um. Er war jetzt stark genug, um eine Schaufel zu heben.

* * *

ABIGAIL

DER GLEICHE HANDLANGER, der mich letzte Woche zu Mr. Grimsby begleitet hatte, öffnete die Tür des Hauses. Die Verandastufen hochzulaufen, war eines der schwersten Dinge, die ich jemals hatte tun müssen. Anders als beim letzten Mal, wusste ich jetzt, womit ich es zu tun hatte. Ich konnte mir nicht einmal sicher sein, dass Tennessee noch immer lebte. Niemand beschützte mich. Niemand wusste, wo ich war.

Ich hatte meine Meinung darüber, Gabe und Tucker zu verlassen, nicht geändert, aber ich hätte nichts dagegen gehabt, wenn sie jetzt neben mir gestanden hätten. Der Handlanger hatte eine ähnliche Größe wie meine zwei

Ehemänner und er würde nicht ganz so…einschüchternd wirken, wenn sie hier wären.

Aber nein.

Ich war in dieser Sache allein, wie ich es auch für den Rest meines Lebens sein würde.

Der Mann trat zurück und ließ mich eintreten. Ich schloss meine Augen und holte tief Luft, als ich hörte, wie die Tür hinter mir ins Schloss fiel. Ich wurde in den gleichen Raum wie in der vergangenen Woche geführt. Mr. Grimsby befand sich hinter seinem Schreibtisch und erhob sich bei meinem Eintreten.

„Miss Carr."

Ich würde ihm nicht verraten, dass das nicht länger mein Name war und ich jetzt Abigail Landry hieß. Wenn er herausfand, dass ich mit Bridgwater Männern verheiratet war, würde er auch noch ihr Geld wollen. Obwohl wir über solche Dinge nicht gesprochen hatten, wusste ich, dass Tucker und Gabe vermögend waren. Ich wollte nicht viel, nur Liebe. Ich würde alles Geld der Welt, sogar Bridgewater, dafür eintauschen, dass mich die zwei einfach so liebten, wie ich war.

„Ich hoffe, Sie sind nicht mit leeren Händen zurückgekommen." Sein Blick glitt über mich.

„Wo ist Miss Bennett?", fragte ich.

Mr. Grimsbys Mundwinkel hob sich. „Oben."

„Ich wünsche zu sehen, dass es ihr gut geht, bevor wir in dieser Sache weiter verhandeln."

Er hob eine Augenbraue und lächelte. „Sie haben den Verstand eines Geschäftsmannes."

Mr. Grimsby wedelte seinem Handlanger gelangweilt mit seiner Hand zu und der verschwand durch den Flur.

„Ich bin wegen Miss Bennett hier. Wenn sie…tot ist", ich schluckte bei dem Gedanken an ihr Ableben, „wie ihr Vater, dann gibt es keinen Grund mit Ihnen zu verhandeln."

Er erhob sich aus seinem Stuhl, knöpfte seine Anzugjacke zu. „Und das ist der Punkt, an dem Sie falsch liegen. Ihre Freundin hat keinen Einfluss auf Ihr Leben. Erst, nachdem Sie das Geld übergeben haben, werden Sie freigelassen werden."

Auch wenn ich gerne zurücktreten, mich umdrehen, durch den Flur und aus der Eingangstür stürzen wollte, weigerte ich mich, vor diesem Mann klein bei zu geben. „Das war nicht die Vereinbarung", entgegnete ich.

Schritte erklangen auf der Treppe.

„Ihre Aufgabe war, mir Geld zu bringen. Haben sie ernsthaft geglaubt, ich würde Ihnen erlauben, zu versagen?"

Da trat Tennessee in den Raum. Obwohl sie gut gekleidet und scheinbar unversehrt war, zeichneten dunkle Augenringe ihr hübsches Gesicht. Sorgenfalten hatten sich um ihre Mundwinkel gebildet. Dennoch war ich begeistert sie zu sehen. Lebendig.

„Abigail!", rief sie und rannte in meine Arme. Sie zitterte wie Espenlaub, als ich sie umarmte. „Bitte sag, dass du gebracht hast, was er will", flüsterte sie.

Sie trat zurück und beäugte mich mit einem gefährlichen Maß Hoffnung.

Ich öffnete das Täschchen, das von meinem Handgelenk baumelte und zog die Brosche meiner Mutter heraus. Nach vorne tretend, legte ich sie auf den Schreibtisch, von wo sie Mr. Grimsby habgierig hochhob. Er nahm sich einen Moment und musterte sie. „Sehr schön."

Ich seufzte erleichtert. „Komm, Tennessee. Lass uns gehen."

Mit hoch erhobenem Kinn streckte ich meiner Freundin die Hand entgegen. Ich drehte mich zur Tür.

„Sehr schön", wiederholte Mr. Grimsby. „Aber nicht genug."

Mein Magen rutschte mir in die Kniekehlen und Tennessee umklammerte meine Hand wie ein Schraubstock.

Langsam drehte ich mich zu Mr. Grimsby um.

„Diese Brosche ist hundert Dollar wert, nicht viel mehr. Ich brauche *mehr*!", schrie er, wobei Speichel aus seinem Mund flog.

„Warum?", fragte ich und sah mich in dem opulenten Raum um. „Sie haben ein hübsches Haus, Kleider, eine Mine."

„Die Mine ist versiegt."

„Also soll ich persönlich im Austausch für meine Gesundheit für Ihren verschwenderischen Lebensstil zahlen?"

Er grinste. „Genau."

„Heiratet irgendeine reiche Erbin. Auch wenn Miss Bennett Sie getäuscht hat, gibt es noch andere Frauen hier in Butte, die mehr Geld haben als Gott. Es ist immerhin die reichste Stadt der Welt!"

Die Minen, die die Stadt umgaben, waren alle reich an Kupfer. Es gab sogar so viel Kupfer, dass es hier mehr Geld als in New York oder sonst wo gab. Wenn er sich eine reiche Braut angeln wollte, befand er sich am richtigen Ort.

„Das ist nicht so leicht, wie man denkt", erwiderte er.

Ich zog die Nase hoch. „Vielleicht würden die Frauen Sie charmant finden, wenn Sie nicht so ein Grobian wären."

Ihn schien mein scharfer Tonfall nicht zu stören. „Vielleicht werde ich Sie heiraten. Ich kann Ihr beschädigtes Gesicht im Austausch für Ihr Geld tolerieren."

In dem Moment wurde mir klar, dass ich die falsche Linie gefahren war. Tennessee umklammerte schmerzhaft meine Hand. Ich war mir nicht sicher, ob sie das aus Angst tat oder weil sie wollte, dass ich aufhörte zu reden.

Diese Konfrontation würde nicht gut enden, zumindest nicht für mich.

„Lassen Sie Miss Bennett gehen. Sie ist nur ein Bauer. Sie wollen Geld von mir. Sie ist nicht das Pfand, das Sie brauchen." Ich neigte meinen Kopf und flüsterte meiner Freundin zu: „Geh. Fang an zu laufen und komm nicht zurück."

Ihre schwitzige Umklammerung löste sich und sie lief langsam davon. Weder Mr. Grimsby noch sein Handlanger hielten sie auf. Sie wussten, dass meine Aussage korrekt war. Sie hatte keinen Wert für ihn. Ich hörte ihre schnellen Schritte, als sie sich der Tür näherte, sie dann öffnete und in ihrer Eile, zu verschwinden, hinter sich zu knallte.

„Nun gut. Ich denke, Sie zu heiraten, ist doch eine gute Idee." Mr. Grimsby sah über meine Schulter zu dem Handlanger. „Geh und hole einen Pfarrer. Irgendeiner wird genügen."

Ein Pfarrer? Ich würde ihn nicht heiraten. Ich war nicht nur bereits verheiratet, sondern mir wurde auch schlecht bei der Vorstellung, seine Frau zu sein. Was ich mit Tucker und Gabe gemacht hatte, war…besonders gewesen. Ich konnte mir nicht vorstellen, diese Dinge mit Mr. Grimsby zu tun. Die Vorstellung, ihn nackt zu sehen, dass er mich auf meine Knie zwang, damit ich seinen Schwanz in den Mund nahm, ließ mich würgen.

Als ich hörte, dass sich die Tür wieder schloss, zog ich die Pistole aus meinem Täschchen. Ich würde auf keinen Fall zulassen, dass er damit weitermachte. Obwohl meine Hand ruhig war, als ich auf ihn zielte, waren meine Nerven zum Zerreißen gespannt. Ich hatte die Waffe in der Küche der Landrys gefunden. Ich wusste nicht, welchem Bruder sie gehörte, aber sie war geladen und hoffentlich genug, um Mr. Grimsby aufzuhalten. Zumindest lang genug, um aus seinem Haus zu fliehen.

„Ich werde jetzt gehen und Sie *werden* mich in Ruhe lassen. Die Brosche ist die Bezahlung, die Sie von mir erhalten." Ich lief rückwärts und blickte nur zur Seite, damit ich gegen nichts stieß.

Mr. Grimsby trat mit schmalen Augen und wütend auf mich zu. Als er einen Satz auf mich zu machte, drückte ich ab und schoss direkt über seine rechte Schulter. „Das war eine Warnung."

Er hob seine Hände und erstarrte auf der Stelle, eindeutig überrascht, dass ich keine Angst hatte, die Waffe einzusetzen.

Ich hörte, wie die Eingangstür geöffnet wurde, aber hatte zu große Angst, hinter mich zu schauen und meine Augen von dem Mann abzuwenden, der mich sicherlich entwaffnen würde. Aber ich konnte dem Handlanger hinter mir nicht die Chance geben, die Waffe zu ergreifen, also wirbelte ich auf meinen Fersen herum und rannte zur Tür, auf meinen einzigen Fluchtweg zu. Ich konnte nicht einmal einen Schritt machen, bevor ich gegen einen harten Körper rannte und starke Hände meine Arme packten. Mich festhielten.

Ich wand mich und schrie, kämpfte gegen ihn, aber es half nichts. Gegen so jemand kräftigen konnte ich mich nicht verteidigen.

„Nein!"

Ich hatte verloren.

KAPITEL 15

KAPITEL VIERZEHN

TUCKER

Zu beobachten, wie sich Abigail mit einer rauchenden Pistole in den Händen – einer, die ich sofort als meine eigene erkannte – rückwärts von dem Bastard entfernte, ließ meine Wut so groß werden, dass ich kaum noch klar denken konnte. Gabe und James waren direkt hinter mir, aber ich musste zuerst Abigail packen. Normalerweise ging ich der Gefahr hinterher und räumte sie aus dem Weg, aber dieses Mal nicht. Ja, ich wollte ihr die Waffe aus der Hand nehmen und den Bastard einfach erschießen, aber ich musste für ihre Sicherheit sorgen. Dieses Mal konnte Gabe sich rächen.

Aber anstatt ihre Arme um mich zu schlingen und sich mit aller Kraft an mich zu klammern, kämpfte Abigail gegen mich an, trommelte mit ihren Händen auf meine Brust, drückte und stieß, um von mir wegzukommen. Als sie mir die Pistole ins Gesicht hielt, während sie gegen mich ankämpfte, wurde mir bewusst, dass sie nicht wusste, wer ich war. Sie dachte, ich wäre der Mann, der aus dem Haus gelaufen war, als wir den Weg hochgekommen waren. Obwohl er groß war, hatte er gegen keinen von uns dreien eine Chance.

Mein Herz schmerzte wegen dem Wissen, dass sie um ihr Leben kämpfte, dass sie dachte, ein Mann würde sie festhalten, um ihr wehzutun. Ihre Kraft und Energie waren beeindruckend, aber zeigten auch ihre Verzweiflung. Was hatte dieser Mann getan? Sie wirkte unverletzt, aber ich wusste, dass Schäden auch auf nicht sichtbare Weise zugefügt werden konnten. Wenn ihr Schaden zugefügt worden war, dann würde ich den Mann erschießen, auch wenn er schon tot war. Als das harte Metall mein Kinn traf, ergriff ich ihr Handgelenk und zwang sie dazu, die Pistole von uns beiden weg zu halten. Meine Güte, sie würde in ihrer Panik noch einen von uns beiden aus Versehen erschießen.

„Abigail." Ich stieß ihren Namen mit einem harschen Knurren aus.

„Genug."

„Nein! Lass mich in Frieden." Sie kämpfte weiter, aber ich lockerte meinen Griff nicht. Das würde ich nie wieder tun.

„Ich bin es, Tucker. Hör auf."

Ganz plötzlich erstarb ihr Kampf. Ich nahm ihr die Pistole ab und warf sie, ohne zu schauen, hinter mich, da ich wusste, dass James da war, um sie aufzufangen. Anschließend nahm ich ihr Gesicht in meine Hände.

„Sieh mich an."

Ihre Augen begegneten meinen, wild und suchend. Es dauerte einige Sekunden, bis sie sich auf mich fokussiert hatte, da ihr rasendes Gehirn erst verarbeiten musste, was sich vor ihr befand.

„Das ist es, Schatz. Du bist jetzt in Sicherheit."

Ich erkannte den Moment, in dem sie mich *sah*. „Tucker? Oh Gott, Tucker", seufzte sie und schlang ihre Arme so fest um mich, dass ich ein Umpf ausstieß.

Ich drückte ihr Gesicht an meine Brust, senkte meinen Kopf und atmete sie einfach nur ein. Ich rieb mit meiner Nase über ihren Scheitel, wobei ihr Haar meinen Mund kitzelte, als ich es küsste.

Gabe und der Mann stritten. James lief an mir vorbei und in das Büro. Ich konnte sie sehen, aber ignorierte sie alle.

Alle außer Abigail.

Ich seufzte, ließ all die Wut, all die Angst, einfach alles aus mir raus, während ich sie festhielt. Sie war warm und auch wenn sie immer noch vor Aufregung zitterte, so lebte sie immerhin.

„Komm", sagte ich, legte meinen Arm um ihre Taille und führte sie hinaus in den Sonnenschein.

Sie leistete mir zwar keinen Widerstand, aber sie setzte zum Sprechen an: „Aber – "

„Gabe und dein Bruder werden sich um ihn kümmern."

Ich sagte nicht mehr, erzählte ihr nicht, dass sie ihn wahrscheinlich für das, was auch immer er ihr angetan hatte, töten würden. Es war uns zwar gelungen, ihren Spuren zu dem Haus des Mannes zu folgen, aber wir wussten nicht, warum sie dort gewesen war.

Wir standen auf dem Gehweg, als die Polizei von Butte kam, angeführt von einer hysterischen Frau, die auf die offene Eingangstür deutete. Ich ließ Abigail nicht los, sprach nicht, sondern hielt sie einfach nur fest, während sich die Welt um uns herum weiterdrehte. Die Zeit stand still. Nichts war wichtig, außer, dass sie bei mir war, dass ich sie gerettet hatte.

Gabe kam irgendwann auf uns zu, jede Faser seines Körpers war angespannt. Als er direkt vor mir stand, nickte er einmal, womit er andeutete, dass das Problem gelöst war. Wie, fragte ich nicht. Es war mir egal, denn ich wusste, dass mein Bruder, für Abigails Sicherheit gesorgt hatte.

„Geh zu Gabe, Schatz. Er braucht dich."

Ich drehte sie um und sie trat in Gabes Arme. Da weinte sie, schluchzte auf dem Gehweg, während mein Bruder sie festhielt. Mit einer Hand über mein Gesicht streichend, atmete ich aus.

James, der die hysterische Frau, die die Polizei hergebracht hatte, begleitete, gesellte sich zu uns.

„Abigail", flehte die Frau, stürzte zu ihr und nahm ihre Hand. Sie war sogar noch kleiner als unsere Frau, hatte helle Haare und große blaue Augen. Wenn sie nicht so hell und dünn wäre, würde sie als hübsch angesehen werden. „Es tut mir so leid."

Sie drückte Abigails Hand. „Ich wollte dich nicht in das Ganze reinziehen, dich wegen Mr. Grimsby in Gefahr bringen. Es war nur eine kleine Lüge."

Ich runzelte die Stirn. Sie hatte all das verursacht? Sie war schuld, dass Abigail so große Angst vor dem Bastard gehabt hatte, dass sie mit einer Pistole herumgefuchtelt und sie sogar abgefeuert hatte, um sich zu verteidigen? Ich wollte wissen, warum sie überhaupt in diesem Haus gewesen war, aber das würde warten müssen.

„Scheinbar gibt es dieser Tage so einiges an Lügenmärchen", meinte Gabe. Die Wangen beider Frauen färbten sich rot.

„Wohin wirst du jetzt gehen, Tennessee?", murmelte Abigail. Sie trat zurück von Gabe, aber er behielt einen Arm um ihre Taille.

Tennessee? War das ihr Name oder der ihres Zielortes?

Die Frau sah zu Boden. „Ich...ich weiß es nicht, aber du

hast schon genug für mich getan." Sie hob ihren Kopf und schenkte Abigail ein brüchiges Lächeln. „Es wird mir schon gut gehen. Und ich werde gefährlichen Männern aus dem Weg gehen, das verspreche ich. Ich habe meine Lektion gelernt."

„Gut", sagte James. „Denn Sie werden mit mir nach Hause kommen."

Der Mund der Frau klappte auf, während sie langsam den Kopf schüttelte. „Ich kann nicht. Ich kenne Sie nicht einmal."

„Abigail", sagte James.

Abigail schniefte, dann hob sie ihre Hand. „Miss Tennessee Bennett das ist mein Bruder James Carr."

James drückte seine Schultern zurück. Da die Vorstellung nun abgehakt war, sagte er: „Miss Bennett, Sie haben keinen Ort, an den Sie gehen können? Keine Familie?"

Sie schüttelte den Kopf.

„Geld?"

Sie sah weg, antwortete nicht.

„Wie werden Sie leben? Ins Briar Rose gehen und Ihren Lebensunterhalt auf dem Rücken verdienen?"

Miss Bennett erbleichte, schluckte. „Wenn...wenn ich muss."

Mir entging das Knurren, das in James Brust rumpelte, nicht. „Sie werden mit mir nach Hause kommen", wiederholte er. Gut, denn weder Gabe noch ich würden zulassen, dass sie in einem Bordell arbeitete.

Miss Bennett konnte mit James nicht darüber streiten. Wenn sie wirklich mittellos war, hatte sie keine andere Wahl.

Bevor die Frau noch weiter protestieren konnte, verkündete Gabe: „Wir gehen nach Hause."

Bei seinen Worten zuckte Abigail zusammen, dann trat sie aus Gabes Arm, als ob er eine Schlange wäre, die sich um ihre Taille gewunden hatte. Sie schüttelte den Kopf. „Nein. Ich gehe nicht mit euch."

„Doch, das tust du", schnappte Gabe. „Ich bin hierhergekommen, um meine *Frau* vor einem Verrückten zu retten und sie nach Hause zu bringen."

„Frau?" Abigail lachte, dann schniefte sie. „Es wird viel einfacher für euch sein, mich nicht anzuschauen, wenn ich nicht in der Nähe bin." Bitterkeit und Wut lagen in jedem ihrer Worte.

„Dich anschauen?", wiederholte Gabe. „Wir sind wahrscheinlich die Ersten, die dich tatsächlich *gesehen* haben, Abigail."

„Wovon zur Hölle redet sie überhaupt?", fragte James.

Ich hatte Abigail noch nie so aufgebracht gesehen. Das war kein Heulkrampf, um die überschüssige Energie nach der überstandenen Gefahr loszuwerden. Das war reiner, kalter Zorn. Das war etwas anderes. Wie den meisten Frauen und vielleicht wie allen, die einen Abschluss auf einem schicken Mädchenpensionat gemacht hatten, war ihr beigebracht worden, ihre Emotionen zu verbergen. Aber sie musste in diesem Bereich durchgefallen sein, denn sie zeigte uns ihren Zorn. Auf uns. Abigail war stinkwütend auf mich und Gabe.

„Lass uns von der Straße verschwinden und dann darüber reden. Zu Hause", schlug ich vor.

Sie trat einen Schritt zurück, als ich auf sie zu ging, um ihren Arm zu nehmen.

„Und mich nennt ihr eine Lügnerin", zischte sie. „Du hast mich von hinten genommen, damit du mein Gesicht nicht sehen konntest. Es ist genau so, wie ich gedacht habe und du hast *gelogen*."

Bevor ich meine Hände heben konnte, hatte James die Distanz zwischen uns überwunden und mir einen Kinnhaken verpasst.

„Scheiße", fluchte ich und bedeckte mein Kiefer mit meinen Fingern. Ich wischte Blut aus meinem

Mundwinkel. Der Mann wusste einen rechten Haken zu verteilen.

„Ihr habt gesagt, dass ihr auf sie gewartet habt, dass ihr sie seit Jahren wolltet. Und so behandelt ihr sie, so…so habt ihr sie erobert?"

Es war gut, dass wir uns auf einer ruhigen Straße in einem Wohngebiet befanden, da wir ansonsten eine ziemliche Menschenmenge angelockt hätten. Es war auch gut, dass die Polizei noch immer im Haus war. Irgendjemand würde noch im Gefängnis landen, wenn wir so weitermachten.

Abigail wirbelte zu ihrem Bruder herum und stieß ihm ihren Finger gegen die Brust. „Du wolltest mich auch nicht."

„Was?", schrie er, wobei er gleichzeitig wütend und überrascht aussah. „Wovon redest du?"

„Du hast mich wegen meiner Narbe in die Schule gesteckt. Hast mich versteckt, damit mich die Leute nicht sehen konnten. Ich *weiß*, was die Leute sagen. Auch Mr. Grimsby dachte, ich wäre scheußlich."

Wenn dieser Grimsby das Arschloch im Haus war, dann dankte ich Gott dafür, dachte ich bei mir. Denn dann wollte ich direkt in das Haus des Bastards marschieren und ihn zu Brei schlagen.

„Aber du", sie stieß ihren Finger wieder gegen James Brust, „du bist der Schlimmste. Du bist mein Bruder und du…und du – "

Tränen strömten über ihr Gesicht und sie schluckte hart in dem Versuch, trotz der Tränen zu sprechen.

„ – hast mich weggeschickt, damit du mich nicht mehr sehen musstest."

Es war einfach alles so ähnlich zu dem, was mein Vater mit Clara getan hatte. Sie war so süß und unschuldig, so fröhlich und die ganze Zeit über so verdammt glücklich gewesen, dass sie Aufmerksamkeit erregt hatte. Manche

Leute waren nett zu ihr, aber andere...andere waren grausam. Mein Vater hatte genug davon gehabt, zu hören, wie kaputt sie sei und dass sie in eine Institution gegeben werden sollte. Er hatte gewartet, bis meine Mutter gestorben war. Seine Tochter war nicht perfekt, war nicht *normal*, also war er sie losgeworden. Hatte sie rausgeworfen wie Müll.

Abigail dachte, dass James genau das mit ihr getan hatte, aber ich kannte ihn, kannte ihn gut genug, um zu verstehen, dass das genaue Gegenteil der Fall war. Er war nicht wie mein Vater. Er beschützte sie und hatte ihr jeden möglichen Vorteil gegeben.

James sackte vor meinen Augen buchstäblich zusammen. „Das denkst du? Dass ich mich wegen dir geschämt habe?"

Abigail sah weg.

„Wir werden dieses Thema jetzt nicht auf sich beruhen lassen, Abigail Jane. Denkst du wirklich, ich habe dich auf die Schule geschickt, weil ich die Narbe in deinem Gesicht nicht sehen wollte?"

Sie schaute zu Boden, aber nickte einmal.

James atmete aus und fuhr sich mit der Hand über sein Gesicht.

„Ich habe dich auf die Schule geschickt, weil ich dich liebe. Du verdienst das Beste. Zur Hölle, besseres als das Beste. Jedes Mal, wenn ich die Narbe sehe, denke ich daran, was du geopfert hast. Für mich. Ich bin schuld, dass du sie hast und ich muss jeden Tag mit dem Gewicht...der Schuld leben."

„Du hast mich weggeschickt, damit du das nicht tun musst, richtig?"

James packte Abigails Schultern und schüttelte sie praktisch. „Nein, du Närrin. Ich habe dich weggeschickt, weil du klug und selbstsicher und verdammt glücklich werden solltest. Ich hatte die Mittel, um dich auf die Schule zu schicken und ich gab sie dir. Ich würde dir den Mond geben, wenn ich ihn erreichen könnte. Und selbst wenn ich das könnte, würde es das, was du mir gegeben hast, nicht aufwiegen."

Ihr Mund klappte auf.

„Also hätte ich dich zum Sterben im Feuer zurücklassen sollen?"

Sie war in dem Feuer, das ihre Eltern getötet hatte, verletzt worden? Weil sie James gerettet hatte?

James schloss seine Augen. „Natürlich nicht. Aber du hast einen schrecklichen Preis dafür bezahlt."

Er streichelte mit seinen Fingern über ihre Narbe.

„Ich habe dich gerettet. Meinen Bruder. Ich könnte nicht ohne dich leben. Ich würde sagen, das war es wert", flüsterte sie.

Es stimmte. Abigail hatte ihren Bruder mutig aus einem Feuer gerettet, ihn vor dem Tod bewahrt und sie hatte mit Verbrennungen dafür bezahlt. James zog sie für eine so liebevolle, innige Umarmung in seine Arme, dass es schwer war, zuzuschauen. Kein Wunder, dass er sie unbedingt beschützen wollte und so vorsichtig mit ihr war. Die Schuld, die er verspürte, musste riesig sein.

Abigail hatte einen Bruder, der sie liebte, vielleicht zu sehr liebte. Aber das war niemals eine schlechte Sache. Ich hatte eine Schwester gehabt, die mein Vater nicht genug geliebt hatte. Und das war der Unterschied. Liebe.

Nicht Claras Andersartigkeit oder die Tatsache, dass sie nicht wie alle anderen gewesen war, war der Grund gewesen. Es war geschehen, was geschehen war, weil mein Vater ein grausamer Mistkerl gewesen war, der sich nur um sich selbst gekümmert hatte.

James schob sie zurück. „Du verrennst dich zu sehr in der Sache mit deiner Narbe. Du musst es gehen lassen."

„Also genauso wie du", entgegnete sie.

James nickte. „In Ordnung. Wir werden es beide versuchen."

Er drehte seinen Kopf, um zu mir und Gabe zu schauen.

„Was deine Ehemänner betrifft…"

Er ließ die restlichen Worte ungesagt verklingen. Der scharfe Schmerz in meinem Kiefer füllte die Leerzeilen.

Der Sheriff kam in diesem Moment heraus und gesellte sich auf dem Gehweg zu uns. Er zog seine Hose hoch und wischte sich über die verschwitzte Stirn.

„Hätten Sie etwas dagegen, uns zu erzählen, was vor sich geht?", bat James den Mann.

Das wollte ich auch unbedingt hören.

„Scheint, als wäre Grimsbys Mine versiegt. Er ist bettelarm. Würde man nicht meinen, wenn man ihn anschaut." Der Sheriff warf über seine Schulter einen Blick auf die Backsteinvilla. „Er plante durch eine Heirat mit Miss Bennett hier, genug Geld zu bekommen, um seinen sozialen Status zurückzugewinnen."

Alle Augen richteten sich auf Abigails Freundin. Sie errötete und nach dem zu urteilen, was sie zu Abigail gesagt hatte, hatte sie bezüglich des Geldes gelogen. Wie viele Lügen waren da noch?

„Die Leute wussten doch sicherlich, dass die Mine nichts mehr zu Tage förderte", meinte Gabe.

Der Sheriff nickte. „Sie wussten es, aber nur die Bank wusste um seine finanziellen Verluste."

„Als sich herausstellte, dass Miss Bennett…verzeihen Sie bitte, Ma'am, weniger war, als er begehrte", der Sheriff nahm seinen Hut ab und nickte ihr zu, „suchte er sich eine andere Einnahmequelle."

„Erpressung?", fragte James.

„Das und Entführung. Es gibt noch einige andere Verbrechen, die nicht in Bezug zu den Frauen hier stehen, aber er wird für lange Zeit niemanden mehr behelligen. Es steht Ihnen frei zu gehen."

Ein Polizist rief ihn zurück ins Haus. Er nickte uns zu, dann kehrte er ins Haus zurück, wobei er seinen Hut wieder aufsetzte.

„Du wurdest erpresst und hast es uns nicht erzählt?" Ich war zu gleichen Teilen verblüfft und wütend auf Abigail. „Wir sind deine Ehemänner."

Miss Bennett keuchte und flüsterte: „Ehemänner?"

„Ich denke, es hat heute zahlreiche Missverständnisse gegeben, Carr", sagte Gabe zu James. „Auch wenn du ihr Bruder bist, sind wir ihre Ehemänner und wir bringen sie nach Hause. Wenn du mir zuerst eine verpassen willst, dann bring es hinter dich."

James sah auf Abigail hinab, dann drehte er sie zu uns. „Auch wenn ich dich für die nächsten zwei Wochen in dein Zimmer einsperren will, Abigail, gehörst du jetzt zu deinen Männern. Geh mit ihnen."

„Was?", stotterte sie. „Hast du nicht gehört, was ich gesagt habe? Sie wollen mich nicht. Sie wollen mich nicht einmal anschauen."

James musterte uns eindringlich und schätzte irgendwie ein, ob wir seiner Schwester würdig waren. „Du musst mit deinen Männern reden. Ich werde nicht zulassen, dass du länger mit falschen Annahmen lebst. Ich vertraue ihnen und das solltest du auch tun."

Ich war erleichtert, dass er unsere Rollen als ihre Ehemänner respektierte und darauf vertraute, dass wir uns um sie kümmern würden. Wir mussten über all die Lügen und eine verdammte Erpressung reden. Und unsere neue Frau *würde* bestraft werden.

„Nehmt meine Schwester mit nach Hause. Stellt sicher, dass so etwas nie wieder passieren wird."

Er meinte, dass wir sie bestrafen sollten, was ich nur allzu gern tun würde.

„James!", schrie Abigail entsetzt und verschränkte die Arme vor der Brust. „Sie wollen mich nicht!"

„Bringt sie nächste Woche zum Abendessen auf die Ranch." So wie er Abigails Proteste ignorierte, bedeutete es, dass er glaubte, dass das, was auch immer zwischen uns stand, lösbar war und vielleicht seine Wurzeln in ihren Ansichten über ihre Narbe hatte. Wenn die beiden ihre Probleme aus der Welt schaffen konnten, dann konnten wir das auch.

Gabe nickte und schüttelte James' Hand. Nachdem er zu Abigail getreten und sie auf die Stirn geküsst hatte, wandte sich James an Miss Bennett und reichte ihr seinen Ellbogen. „Ma'am. Sie werden mit mir kommen, aber wir werden noch über Ihre Rolle in dieser Sache reden. Glauben Sie nicht, dass Ihre Handlungen, nur weil Sie jetzt in Sicherheit sind, keine Konsequenzen nach sich ziehen werden."

Die Frau beäugte ihn ängstlich. „Ich glaube, ich habe gelernt, was die Konsequenzen sind."

James schüttelte seinen Kopf. „Nicht alle."

Er wartete geduldig darauf, dass sie seinen Arm nahm. Auch wenn er mit dieser Geste wie ein Gentleman wirkte, wusste ich, dass er sie wahrscheinlich einfach über seine Schulter werfen würde, wenn sie sich weigerte. Aber sie ergriff den angebotenen Arm und ging mit James die Straße hinunter.

Als Abigail schließlich mit diesen wunderschönen dunklen Augen zu mir sah, schüttelte ich langsam den Kopf. „Kein Wort, Schatz. Nicht hier. Wir gehen nach Hause und du kannst uns alles erzählen, wenn du mit nacktem und von meiner Hand rotem Po über meinem Schoß liegst."

Den ganzen Weg nach Hause schimpfte sie empört.

KAPITEL 16

KAPITEL FÜNFZEHN

ABIGAIL

Den gesamten Rückweg nach Bridgewater auf Gabes Schoß zu reiten, war wundervoll gewesen…und schrecklich. Nach der Begegnung mit Mr. Grimsby hatte ich zuerst Tuckers Arme, dann Gabes unbedingt um mich spüren müssen. Dann war es mir wieder eingefallen. Ich hatte mich an das Gespräch, das sie im Stall geführt hatten, erinnert. Ich sehnte mich nach ihnen und danach, dass alles wieder so perfekt mit ihnen war. Aber es war alles nur eine Lüge gewesen. Und so ritt ich schweigend, spürte jeden Zentimeter von Gabes hartem Körper an meinem und mein Herz zerbrach in tausend Stücke.

„Wenn ihr es nicht ertragen könnt, mich anzuschauen, warum habt ihr mich dann geheiratet?", fragte ich Gabe, nachdem er mich von seinem Pferd gehoben und auf den Boden gestellt hatte. Ich weigerte mich mit ihnen ins Haus zu gehen, ohne dass zu wissen.

Ich wünschte, meine Stimme wäre stärker, dass *ich* stärker wäre, aber die Tränen flossen bereits.

Gabe saß von seinem Pferd ab, band dessen Zügel fest und lehnte sich an die Brüstung. Tucker setzte sich auf die Treppe, die zur Veranda führte und stützte seine Ellbogen auf seine Schenkel. Er neigte seinen Hut zurück, sodass er in meine wässrigen Augen blicken konnte.

„Warum denkst du das?", wollte Gabe wissen.

„Der Stall...der Mann...er hat gemeine Dinge über mich gesagt und ihr habt sie nicht geleugnet. Ihr habt mich angelogen." Mit zitternden Fingern wischte ich mir die Tränen von den Wangen.

„Scheint, als hätte es in letzter Zeit einen ganzen Haufen Lügen gegeben", entgegnete Tucker. „Lass sie uns durchgehen."

Ich trat einen Dreckklumpen in das kurze Gras vor dem Haus. Die Sonne stand so tief am Himmel, dass sie von dem Gebäude verdeckt wurde.

„Mr. Masters hat respektlos über dich gesprochen und es tut mir leid, dass du das gehört hast. Was du offensichtlich nicht gehört hast, war, dass wir ihm erzählt haben, dass wir dich geheiratet haben, weil wir dich lieben."

Ich keuchte bei Tuckers Worten auf und sank dann zu Boden, weil mich meine Beine nicht mehr tragen konnten. Die Worte hatten mich buchstäblich von den Füßen gerissen. Mein Kleid bauschte sich im Gras um mich herum auf.

Liebe?

„Du hast offensichtlich auch nicht gehört, dass die Nase des Mannes gebrochen wurde und du hast nicht gesehen, dass Kane und Ian den Mistkerl zur Grundstücksgrenze geschleift haben", fügte Gabe hinzu.

Ich starrte sie mit großen Augen an.

„Hast du?", fragte Tucker.

Ich schüttelte leicht meinen Kopf, während ich durch meine tränennassen Wimpern zu ihm hochsah. „Ich habe die fiesen Worte gehört und bin weggerannt."

„Wir haben dich nicht angelogen, Schatz. Nicht einmal."

„Und was den ersten Sex mit uns angeht, so hat Tucker dir erklärt, warum er dich auf diese Weise genommen hat. Weil er wollte, dass du dich gut fühlst."

Ich nickte wieder benommen und erinnerte mich daran, dass er das getan hatte.

„Ich führe keine Liste, aber wenn ich mich nicht irre, haben wir dir jedes andere Mal, als wir gevögelt haben, ins Gesicht gesehen und dich beobachtet, während du kamst", ergänzte Gabe.

Meine Tränen flossen jetzt noch reichlicher, da ich wusste, dass ich beiden Unrecht getan hatte, vor allem weil ich meinen Irrglauben bei meinem Bruder als Waffe gegen sie eingesetzt hatte.

„Es tut mir leid", begann Tucker. „So, so leid, dass du überhaupt hören musstest, was Masters gesagt hat. Ich hätte ihm schon eher ins Gesicht schlagen sollen."

Gabe machte ein zustimmendes Geräusch.

„Vielleicht solltest du bezüglich deiner Lügen mit dem Anfang beginnen."

Ich zuckte zusammen, aber wusste, dass die Worte berechtigt waren.

Ich wischte mir über die Wange, schniefte einmal, dann wieder und erzählte ihnen die ganze erbärmliche Geschichte von Anfang an. Ich erzählte von meiner Freundschaft mit Tennessee, ihrem Interesse an Mr. Grimsby, ihrer Vortäuschung von Reichtum. Dann von Mr. Grimsby und seinen Drohungen. Und immer weiter. Keiner der Männer unterbrach mich. Nun, da ich endlich alles erzählte, sprudelten die Worte nur so aus mir heraus. Ich erzählte ihnen von dem erfundenen Verehrer, aber das war nur ein Teil der großen Lüge. Als mein Bericht zu Ende war, war ich wahrhaftig lügenfrei.

„Du hast all das getan, um deine Freundin zu retten?", fragte Gabe.

Ich hatte auf meine Finger geschaut, die ich in einander verschränkt hatte, aber bei seiner Frage sah ich in Gabes dunkle Augen. „Natürlich. Ich konnte sie nicht einfach dem Mann *überlassen*."

„Nein, du rettest gerne jeden", erwiderte Tucker. „Ohne Rücksicht darauf, was es dich kosten könnte."

Er meinte meinen Bruder und dass ich ihn aus dem Feuer gerettet hatte. Meine Narbe.

„Er hatte eine Pistole", sagte ich grummelnd, während ich an Mr. Grimsby dachte.

Das war nicht die richtige Antwort. Die Muskeln an Tuckers Kiefer zuckten. „Eine Pistole! Es ist nicht deine Aufgabe, deine Freundin zu retten. Allein", schimpfte er.

„Warum hast du es uns nicht erzählt?", fragte Gabe.

„Warum ich es nicht...weil Mr. Grimsby euch getötet hätte!"

„Glaubst du nicht, dass wir uns und dich beschützen können, Schatz?", erkundigte sich Tucker.

„Ich...ich wollte einfach nicht, dass euch wehgetan wird."

Der Gedanke, dass ihnen etwas passieren könnte, drehte mir den Magen um.

Er durchbohrte mich mit seinen hellen Augen. Eine leichte Brise wehte die Haare aus seiner Stirn. Er sah so gut aus, war so unfassbar perfekt. „Und warum ist das so?"

„Weil...weil ich euch auch liebe. Das habe ich schon immer."

Tucker erhob sich zu seiner vollen Größe und lief zu mir. Ich musste mein Kinn nach hinten neigen, um zu ihm hochschauen zu können. Er war so groß, so respekteinflößend, dass ich mich fragte, warum ich ihre Fähigkeiten jemals in Frage gestellt hatte. Er hob mich an meinen Oberarmen hoch, zog mich an sich und küsste mich. Meine Füße berührten den Boden nicht mehr, baumelten hin und her, aber es war mir egal. Tuckers Mund lag auf meinem, heiß und gierig, suchend und…Gott, perfekt.

Nachdem ich meine Arme um seinen Hals geschlungen hatte, hielt ich ihn fest, da ich Angst hatte, ihn jemals wieder loszulassen.

Er löste sich von mir und stellte mich wieder auf die Füße, aber er zog mich mit sich, sodass er wieder auf der Treppe saß, dieses Mal mit mir auf seinem Schoß.

„Weißt du, warum ich dich unbedingt beschützen möchte, Schatz?"

Ich zuckte mit den Achseln. „Du hast gesagt, du liebst mich."

„Das stimmt, ja." Tucker grunzte, dann küsste er meinen Scheitel. „Es ist an der Zeit, dass ich dir auch eine Geschichte erzähle. Über ein Mädchen namens Clara. Sie war meine Schwester, lang bevor mein Vater Gabes Mutter heiratete. Bevor ich ihn überhaupt kannte."

Während Tucker mir von seiner Schwester erzählte, setzte sich Gabe irgendwann neben uns und sah auf die Prärie, auf die Gebäude in der Ferne hinaus. Auf Bridgewater.

Tucker brachte mich, noch bevor er fertig war, wieder zum Weinen. Das arme Mädchen, dass nicht verstehen konnte, warum die Menschen so gemein waren. Kein Wunder, dass er so einen ausgeprägten Beschützerinstinkt hatte.

„Kannst du verstehen, warum ich die Wahrheit sage – "

„Wir, Bruder", fügte Gabe hinzu.

„Warum *wir* die Wahrheit sagen, wenn wir sagen, dass wir

deine Narbe nicht sehen? Wir *lieben* dich. Das tun wir bereits seit Jahren."

Gabe lachte. „Wahrscheinlich schon zu lange."

„Dann seid ihr nicht wütend?", fragte ich.

Gabe strich meine Haare hinter mein Ohr. „Wütend? Auf dich?"

Ich nickte, biss auf meine Lippe.

„Stinksauer, weil du dich in Gefahr gebracht hast", erwiderte er.

„Enttäuscht, dass du nicht genug an uns geglaubt hast, um zu wissen, dass wir mit Masters nicht einer Meinung sind", fügte Tucker hinzu.

„Aufgebracht, weil du uns nicht die Wahrheit erzählt hast."

„Zornig, weil du allein losgezogen bist."

Die Liste war lang und sie fügten abwechselnd immer mehr Punkte hinzu.

„Aber wir lieben dich", wiederholte Gabe.

Ich entspannte mich und stieß endlich den angehaltenen Atem aus. Diese Worte von ihm, von ihnen zu hören, war wie Balsam für meine Seele. Sie heilten mich auf Arten, die ich mir niemals vorgestellt hatte.

Tucker erhob sich behände und bot mir dabei seinen Arm an. Er drehte sich um und stolzierte die Treppe hoch ins Haus. „Aber das bedeutet nicht, dass du nicht bestraft wirst."

KAPITEL 17

KAPITEL SECHZEHN

GABE

TUCKER TRUG Abigail die Treppe hoch und in sein Schlafzimmer. Ich folgte ihnen, aber in einiger Entfernung, da ich Angst hatte, dass ich einen Tritt abbekommen würde, weil sie sich so wand und um sich trat.

„Lass mich runter!", schrie sie.

„Gerne", entgegnete Tucker und ließ sie aufs Bett fallen.

Sie federte einmal auf und erhob sich schnell, bereit, vom Bett zu springen. Aber wir standen links und rechts von ihr und blockierten den Weg.

„Ich will nicht bestraft werden", protestierte sie und strich sich die Haare aus dem Gesicht. Sie war wunderschön, wenn sie wütend war, aber das würde sie auch nicht davor bewahren, eine Lektion erteilt zu bekommen.

„Ich wollte nicht zehn Jahre meines Lebens verlieren, weil ich dabei zusehen musste, wie du vor einem Verrückten eine Pistole herumgeschwenkt hast", sagte ich.

„Ich wollte nicht herausfinden, dass du etwas so Großes, so Gefährliches geheim gehalten hast", fügte Tucker hinzu.

„Ich wollte nicht entdecken, dass du geflohen bist, als du etwas überhört hast, das wir durch Reden leicht aus der Welt hätten schaffen können."

Tucker verschränkte die Arme vor der Brust. „Ich wollte deinen Bruder nicht wissen lassen, dass wir dich von hinten gefickt haben."

Tuckers letzte Worte raubten ihr jeglichen Kampfgeist. Sie sank auf das Bett, ihre Schultern sackten nach vorne und ihre Wangen wurden feuerrot.

„Was du getan hast, war gefährlich. Nicht nur gefährlich, sondern tödlich", sagte Tucker.

„Reden wir davon, dass sie weggerannt ist, allein nach Butte geritten ist oder sich einem Irren gegenübergestellt hat?", fragte ich.

Tucker grunzte.

„Es tut mir leid. Ich sehe jetzt, dass ich es euch hätte erzählen sollen", erwiderte sie kleinlaut.

„Was genau?", fragte Tucker.

„Alles."

„Du hast nicht nur deine Ehemänner in Angst und Schrecken versetzt." Ich hielt inne und wartete darauf, dass sie zu mir hochsah. Tränen traten ihr in die Augen. „Die anderen haben sich auch Sorgen gemacht."

„Du hast Ann angelogen", sagte Tucker und schüttelte seinen Kopf. „Wie viele Lügen hast du erzählt, Abigail?"

„Zu viele", flüsterte sie und schaute hinab auf ihre Finger, die sie fest in ihrem Schoß verknotet hatte.

„Wie wirst du bestraft, Schatz?" Tucker neigte ihr Kinn nach oben.

„Ihr versohlt mir den Hintern."

„Das stimmt", bestätigte ich. „Du weißt, wie es abläuft."

Tucker trat zurück und wartete. Schließlich kletterte sie vom Bett. Wir beobachteten, wie sie die Knöpfe ihres Kleides öffnete und es von ihren Schultern schob. Die restlichen Kleider folgten.

Es war erregend, zu beobachten, wie ihre nackte Haut Stück für Stück entblößt wurde und mein Schwanz wurde hart. Aber ich war nicht bereit, sie zu ficken. Noch nicht. Genau wie Tucker musste ich ihr den Hintern versohlen, sie über meinen Schoß legen und die Kontrolle zurückgewinnen. Wir hatten sie in dem Moment verloren, in dem sie davongeritten war. Zur Hölle, wir hatten überhaupt keine Kontrolle gehabt, bis sie uns die ganze Wahrheit erzählt hatte.

Ich ließ mich auf der Seite des Bettes nieder und streckte meine Hand aus. Zögerlich legte sie ihre kleine Hand in meine und ich zog sie über meinen Schoß. Ich positionierte sie so, dass ihr Kopf nah am Boden war und ihre Haare wild über ihr Gesicht fielen und es verbargen. Ihre Zehenspitzen berührten kaum den Holzboden und ihr Hintern ragte im perfekten Winkel nach oben.

„Gefällt es dir, wenn wir dich ficken, Abigail?", fragte ich, streichelte mit meiner Hand über ihre seidige Haut und gab ihr einen festen Klaps auf den Po.

Sie versteifte sich, dann murmelte sie ihre Antwort: „Ja."

„Wir bringen dich an deine Grenzen, nicht wahr? Wir nehmen dich hart und du liebst es." *Klatsch.* „Warum ist das so?", fragte ich.

Sie keuchte wegen der Kraft hinter meinem Schlag, dann schwieg sie für einen Moment. Das war eine Bestrafung und ich würde mit ihrem Hintern nicht zimperlich umgehen. „Weil…weil ich weiß, dass ihr euch um mich kümmern werdet. Dafür sorgen werdet, dass ich mich gut fühle."

„Das stimmt, Schatz", sagte Tucker. „Und um das tun zu können, müssen wir alles wissen. Was, wenn wir etwas tun, das dir nicht gefällt und du erzählst es uns nicht?"

Klatsch.

„Dann werde ich mich nicht gut fühlen. Ich könnte verletzt werden."

„Genau", erwiderte ich und verpasste ihr einen weiteren Schlag auf den Po. „Wir kümmern uns um all deine Bedürfnisse. Dein Glück, deine Sicherheit. Wir können unsere Aufgabe nicht erledigen, wenn wir nicht alles wissen."

„Wir können unsere Aufgabe nicht erledigen, wenn du lügst", fügte Tucker hinzu.

Klatsch.

„Keine Lügen mehr", befahl ich.

Sie schüttelte den Kopf, wobei ihre Haare über den Boden streiften. „Keine Lügen mehr", wiederholte sie.

Ich hatte genug geredet. Deswegen versohlte ich ihr den Hintern, bis wirklich jede Stelle feuerrot war. Sie versteifte sich und versuchte, wegzurutschen, nutzte eine Hand, um ihren Po zu schützen, aber ich ergriff sie und drückte sie ihr auf den Rücken. Ich ließ nicht nach.

Tucker ging in die Hocke, sodass er sich in der Nähe ihres Kopfes befand. „Steht noch irgendetwas zwischen uns, Abigail?", fragte er.

Ich hörte nicht auf, ihr auf den Hintern zu hauen, während wir auf ihre Antwort warteten.

Endlich schrie sie: „Nein. Nichts mehr."

„Gut", sagte Tucker. „Dann lass uns deine Bestrafung beenden, damit wir dich vögeln können. Damit wir dich endlich zu der Unseren machen können, ohne dass etwas zwischen uns steht. Keine Lügen, keine Geheimnisse, keine Erpressung."

Da erschlaffte Abigails gesamter Körper und ergab sich der Bestrafung. Vielleicht wusste sie, dass wir das hier tun mussten, um sicherzustellen, dass sie wusste, dass wir uns völlig außer Kontrolle und verzweifelt gefühlt hatten, dass es schmerzhaft gewesen war, nicht zu wissen, wo sie war. Vielleicht wusste sie, dass die Schläge eine kathartische, reinigende Wirkung hatten und dass die Fehler vergeben werden würden, wenn wir damit fertig waren. All das wäre Vergangenheit.

Ich hörte schließlich auf und streichelte über ihre heiße Haut.

„Zehn weitere von mir, Schatz, dann sind wir fertig." Daraufhin versohlte Tucker ihr den Hintern, damit sie wusste, dass wir uns beide um die Bestrafungen kümmerten.

Als wir fertig waren und ihre Tränen unvermindert flossen, zog ich sie in eine sitzende Position auf meinen Schoß. Obwohl sie zischte, als ihr Hintern meine Schenkel berührte, beschwerte sie sich nicht.

„Spreiz deine Schenkel", murmelte ich und küsste ihre Haare.

Sie tat sofort, worum ich sie gebeten hatte.

Tucker streichelte mit seinen Fingern über ihre Pussy und sah mir in die Augen.

„Sie ist tropfnass."

Ich grunzte und drückte sie, obwohl sie ihre Schenkel zusammenpresste und Tuckers Hand gefangen nahm. Als sie bemerkte, dass das das Gegenteil dessen war, was sie wollte, spreizte sie sie wieder. Tucker grinste, hob seine feuchten Finger zu seinem Mund und leckte sie sauber.

„Vielleicht war das doch keine Bestrafung. Nicht, wenn sie sie ganz feucht gemacht und erregt hat", stellte ich fest.

Sie schüttelte den Kopf und strich sich die Haare aus dem tränenverschmierten Gesicht. „Es hat mir nicht gefallen."

„Dein Körper sagt aber etwas anderes. Aber ich bin froh, dass du dich so nach uns sehnst. Kannst du meinen Schwanz spüren?", fragte ich. Ich verschob meine Hüften, sodass ich mich gegen sie drückte. Mein Verlangen nach ihr konnte nicht geleugnet werden.

Sie nickte.

„Willst du unsere Schwänze?", fragte ich.

Sie nickte wieder.

„Alle beide? Zur gleichen Zeit?", fügte Tucker hinzu.

Sie sah zu Tucker hoch. „Du meinst, einen in meiner Pussy und einen in meinem...Hintern?"

Bei ihrer Frage kam ich fast in meiner Hose.

„Ja", knurrte Tucker.

„Ja", flüsterte sie.

Tucker trat zurück und ich erhob mich, drehte mich um und warf Abigail aufs Bett. Während mein Bruder seine Kleider auszog, ging ich zur Kommode, um ein kleines Glas Gleitmittel zu holen. Ihre Pussy war zwar reichlich feucht, aber bei ihrem Hintern musste nachgeholfen werden, damit unsere Schwänze mühelos eindringen und nur Vergnügen bereiten konnten. Auch wenn sie herausgefunden hatte, dass sie etwas Schmerz beim Sex durchaus mochte, gehörte diese Art von Schmerz nicht dazu.

Tucker kletterte auf das Bett, legte sich auf seinen Rücken und zog Abigail auf sich.

Er strich ihre dunklen Haare nach hinten, da sie ihr ins Gesicht gefallen waren. „Es gibt jetzt nichts mehr zwischen uns. Keine Geheimnisse. In einer Minute wird auch nichts mehr zwischen unseren Körpern sein."

Daraufhin küsste Tucker sie und ich hörte sie wimmern.

Nachdem ich das Glas aufs Bett fallen gelassen hatte, zog ich mich aus und gesellte mich zu ihnen, ließ meine Hand ihr Rückgrat hinabwandern.

„Du bist diejenige, die uns alle miteinander verbindet, Abigail. Ohne dich können wir keine Familie sein. Ohne dich können wir nicht eins sein."

Abigail hob ihren Kopf, als sich Tuckers Hände auf ihre

Hüften legten und er sie hochhob, sodass sie direkt über seinem Schwanz positioniert war.

„Reite mich, Schatz."

Abigail biss sich auf die Lippe und veränderte ihre Position leicht, um Tuckers Schwanz an ihren Eingang zu führen und ließ sich dann fallen, wodurch sie ihn mit einem Stoß in sich aufnahm.

Ihr Kopf fiel zurück, ihre Haare flossen lang über ihren Rücken. Während ich das Glas öffnete und meine Finger mit der glitschigen Substanz bedeckte, beobachtete ich sie beim Vögeln. Als Tucker sie für einen Kuss wieder nach unten zog, wusste ich, dass es an der Zeit war, sie vorzubereiten. Ich legte meine glitschigen Finger an ihre winzige Rosette und rieb ihren jungfräulichen Eingang mit dem Gleitmittel ein. Ich umkreiste die zarte Haut, dann schob ich langsam einen Finger in sie.

Tucker fuhr fort, seine Hüften zu heben und zu senken, sie mit kurzen Bewegungen zu ficken, während sie sich küssten und ich anfing meinen Finger in ihrem engen Arsch rein und raus zu bewegen.

Sie keuchte und stöhnte wegen des Eindringens, aber protestierte nicht. Deswegen fügte ich vorsichtig einen zweiten Finger hinzu und spreizte sie in ihr, um sie zu dehnen. Mein Schwanz war dick und ich würde tief in sie eindringen, aber die Finger konnten sie dennoch gut vorbereiten und würden sicherstellen, dass sie im Inneren feucht war.

Als ich einen dritten Finger hinzufügte, schrie Abigail meinen Namen.

Ich lächelte. „Gefällt dir das?"

„Ja, bitte", flehte sie.

Gott, sie war so verdammt dreist. Wie hatten wir jemals denken können, dass sie schüchtern oder ängstlich wäre, wenn es um so etwas ging? Sie wollte es. Nein, so wie sie mit den Hüften wackelte, brauchte sie es.

Sie schrie auf, als ich meine Finger aus ihr zog. „Nein!"

„Schh", machte ich beruhigend, tauchte meine Finger in das Glas und bedeckte meinen Schwanz großzügig mit dem Gleitmittel.

„Bist du etwa gierig, Schatz?", fragte Tucker mit rauer Stimme. Seine Hände wanderten nach oben und umfassten ihre Brüste, zogen an den festen Spitzen.

„Tucker", schrie sie und drückte sich nach vorne, sodass sie seine Handflächen ausfüllte.

Nachdem ich mich in die richtige Stellung begeben hatte, packte ich den Ansatz meines Schwanzes und führte ihn zu ihrem vorbereiteten und glitschigen Hintereingang. Als ich dagegen drückte, zog sie sich zusammen und verweigerte mir den Eintritt.

„Entspann dich", sagte ich und stupste geduldig gegen sie. Sie würde sich für mich öffnen.

„Vielleicht ein leichtes Zwicken?", fragte Tucker, kurz bevor er ihre Nippel fester packte.

„Oh Gott", schrie sie.

„Sie ist gerade feuchter geworden", merkte Tucker an und zwickte sie wieder.

Sie gab dennoch nicht nach, als ich wieder gegen sie drückte.

„Wie sieht's damit aus?", fragte Tucker und ließ seine Hand auf ihren roten Hintern fallen. Es war kein übermäßig harter Schlag, aber sie versteifte sich zwischen uns. „Fuck, sie hat fast meinen Schwanz erwürgt."

„Das wird mir nicht dabei helfen, in sie einzudringen", erwiderte ich.

„Mmh", sagte Tucker. „Wie wäre es dann damit?"

Ich wusste, er berührte ihren Kitzler, als er zwischen sie griff. Ganz plötzlich wurde ihr Körper schlaff und ich drückte ein weiteres Mal gegen sie. Langsam öffnete sie sich für mich, dehnte sich immer weiter für meine breite Eichel. Weil sie von dem Gleitmittel so glitschig war, reichte es, dass sie sich etwas entspannte, um mir das Eindringen zu ermöglichen. Ich glitt hinein, meine Eichel füllte sie.

Sie stöhnte, bevor sie ihren Kopf drehte und mich über ihre Schulter hinweg ansah. Ein leichter Schweißfilm überzog ihre Haut und ihre Wangen waren wunderschön gerötet.

„Ja. Ich bin drin."

„So voll", entgegnete sie und ihre Augen schlossen sich, als ich nach vorne drückte.

Sie war so eng, mit nichts vergleichbar, das ich jemals zuvor gespürt hatte. Durch die dünne Membran, die uns trennte, konnte ich spüren, wie sich Tuckers Schwanz in ihr rein und raus bewegte. Nachdem ich einen Rhythmus gefunden hatte, fickte ich sie langsam immer tiefer, bis sie mich komplett aufnahm. Erst als sie jeden Zentimeter von mir aufgenommen hatte, verharrte ich reglos.

„Du bist erobert, Abigail Landry", verkündete ich und küsste ihre Schulter.

„Unsere", fügte Tucker hinzu. „Nichts ist mehr zwischen uns."

„Eure", murmelte sie und ich gab mich meiner Frau hin. Gab ihr alles.

KAPITEL 18

KAPITEL SIEBZEHN

ABIGAIL

ICH WURDE von meinen beiden Ehemännern gefickt. Gemeinsam. Zur gleichen Zeit. Es war nicht so, dass sich Gabe in meinem Mund und Tucker in meiner Pussy befand. Nein, sie füllten meinen Arsch und Pussy. Ich war so voll, dass ich überwältigt war. Diese Männer umringten mich, füllten mich, eroberten mich. Nicht einen Zentimeter Platz gab es zwischen uns. Weder zwischen den Körpern, noch im Geiste.

Sie gehörten mir. Ich gehörte ihnen.

Das Gefühl, sie beide so aufzunehmen, war so intensiv. Ich fühlte mich gedehnt, benutzt, aber die Empfindungen, die ihre Zuwendungen herbeiführten, waren es wert. Jedes leichte Brennen, weil ich von ihnen so weit geöffnet wurde, vergrößerte das Vergnügen nur noch. Selbst mein kribbelnder, wunder Po trug dazu bei. Jedes Mal, wenn Gabe seine Hüften bewegte, stieß er gegen die empfindliche Haut. Und als Tucker meine Brüste umfasste und meine Nippel zwickte, gab es keinen Zentimeter von mir, den sie nicht kontrollierten. Dem sie keine Aufmerksamkeit schenkten. Dem sie keine Liebe gaben.

Irgendwie wussten sie genau, was ich wollte, was ich brauchte und gaben es mir.

Sie beide auf diese Weise zu nehmen, war genau so, wie es Gabe gesagt hatte. *Ich* war diejenige, die uns drei miteinander verband. Sie eroberten mich, aber ich war diejenige, die die Macht hatte.

Ich war das Zentrum. Ohne mich waren wir nichts.

Da – während sie sich in mir rein und raus bewegten – verstand ich, dass ich ihre Bestrafungen genauso brauchte wie ihre Liebe. Sie schenkten mir ihre Aufmerksamkeit, streng oder anderweitig, weil sie mich liebten.

Sie mochten zwar große, starke Männern sein, aber sie hatten sensible Herzen und ich konnte sie vielleicht sogar noch viel leichter verletzen als sie mich.

Ich wollte, dass dieses Gefühl, dieses Begehren, das ich für sie empfand, für immer andauerte. Es war meine Entscheidung. Ich konnte dort sein, wo ich jetzt war, zwischen ihnen, sie verbinden, sie beide erobern oder ich könnte allein leben.

Ich wählte die Liebe. Ich wählte das Vergnügen. Ich wählte sie.

Und daher wackelte ich mit den Hüften – nicht, dass ich viel mehr tun konnte, so wie ich auf zwei großen Schwänzen aufgespießt war – und ließ sie wissen, dass ich bereit war für mehr. Sie hatten sich zurückgehalten und das wusste ich. Ich konnte spüren, dass sie ihr Verlangen zügelten.

„Ich will euch. Euch beide. Haltet euch nicht zurück. Zeigt mir, was zwischen uns ist."

Beide hielten kurz inne, dann nahmen sie mich. Fickten mich. Gabe glitt fast vollständig aus mir, während Tucker seine Hüften nach oben in mich stieß. Dann machten sie beide die gegenteilige Bewegung, fickten mich im Tandem.

Ich konnte mein Vergnügen nicht zurückhalten. Sie gaben es mir. Frei und gerne. Es befand sich genau hier, damit ich es mir nehmen konnte. Und daher ließ ich mit einem tiefen Atemzug los, gab mich der Lust hin, gab mich ihnen hin. Vollständig. Das Vergnügen durchströmte mich, erhitzte mich, überschwemmte mich. Durchflutete mich.

Ich schrie mein Vergnügen hinaus, meine inneren Wände zogen sich um die beiden zusammen, da ich wollte, dass sie spürten, wie gut es war und ich ihnen auf ihrem Weg zum Höhepunkt helfen wollte. Ich wollte sie tief in mir behalten, ihren Samen aus ihnen quetschen.

Es funktionierte, denn Tucker packte meine Hüften, kam und füllte mich mit seinem heißen Samen.

Gabe folgte ihm kurz darauf und spritzte jeden einzelnen Tropfen seiner Lust tief in meinen Hintern.

„Ich gehöre euch", murmelte ich an Tuckers Brust, da ich zu erschöpft war, um aufrecht zu bleiben. „Nichts ist zwischen uns."

Tucker küsste meinen Kopf und Gabe meine Schulter.

„Unsere."

„Ich liebe euch", wiederholte ich, da ich wusste, dass die Wahrheit so viel besser war als jede Lüge.

HOLEN SIE SICH IHR KOSTENLOSES BUCH!

TRAGEN SIE SICH IN MEINE E-MAIL LISTE EIN, UM ALS ERSTES VON NEUERSCHEINUNGEN, KOSTENLOSEN BÜCHERN, SONDERPREISEN UND ANDEREN ZUGABEN ZU ERFAHREN. SIE ERHALTEN EIN KOSTENLOSES BUCH FÜR IHRE ANMELDUNG! TRAGEN SIE SICH IN MEINE E-MAIL LISTE EIN, UM ALS ERSTES VON NEUERSCHEINUNGEN, KOSTENLOSEN BÜCHERN, SONDERPREISEN UND ANDEREN ZUGABEN ZU ERFAHREN. SIE ERHALTEN EIN KOSTENLOSES BUCH FÜR IHRE ANMELDUNG!

kostenlosecowboyromantik.com

ÜBER DIE AUTORIN

Vanessa Vale ist eine USA Today Bestseller Autorin von über 40 Büchern. Dazu zählen sexy Liebesromane, einschließlich ihrer bekannten historischen Liebesserie Bridgewater, und heißen zeitgenössischen Romanzen, bei denen dreiste Bad Boys, die sich nicht nur verlieben, sondern Hals über Kopf für jemanden fallen, die Hauptrollen spielen. Wenn sie nicht schreibt, genießt Vanessa den Wahnsinn zwei Jungs großzuziehen, findet heraus wie viele Mahlzeiten man mit einem Schnellkochtopf zubereiten kann und unterrichtet einen ziemlich guten Karatekurs. Auch wenn sie nicht so bewandert in Social Media ist wie ihre Kinder, so liebt sie es dennoch, mit ihren Lesern zu interagieren.

BookBub

www.vanessavaleauthor.com

ANDERE ENGLISCHSPRACHIGE BÜCHER VON VANESSA VALE:

Small Town Romance

Montana Fire

Montana Ice

Montana Heat

Montana Wild

Montana Mine

Steele Ranch

Spurred

Wrangled

Tangled

Hitched

Lassoed

Bridgewater County Series

Ride Me Dirty

Claim Me Hard

Take Me Fast

Hold Me Close

Make Me Yours

Kiss Me Crazy

Mail Order Bride of Slate Springs Series

A Wanton Woman

A Wild Woman

A Wicked Woman

Bridgewater Ménage Series

Their Runaway Bride

Their Kidnapped Bride

Their Wayward Bride

Their Captivated Bride

Their Treasured Bride

Their Christmas Bride

Their Reluctant Bride

Their Stolen Bride

Their Brazen Bride

Their Bridgewater Brides- Books 1-3 Boxed Set

Outlaw Brides Series

Flirting With The Law

MMA Fighter Romance Series

Fight For Her

Wildflower Bride Series

Rose

Hyacinth

Dahlia

Daisy

Lily

Montana Men Series

The Lawman

The Cowboy

The Outlaw

Standalone Reads

Twice As Delicious

Western Widows

Sweet Justice

Mine To Take

Relentless

Sleepless Night

Man Candy - A Coloring Book

www.ingramcontent.com/pod-product-compliance
Lightning Source LLC
LaVergne TN
LVHW011832060526
838200LV00053B/3978